喪屍愛軟妹

ZOMBIE AND HIS LOVELY FOOD 02 END

姓名 姚茜茜

年齡 16歲。

身分 普通到再也不能普通的學生。

個性 軟萌、些微固執、適應力強。

技能 與男主角共生。

角色簡介

絕對是軟到一定境界、適應力超強的妹紙才能喜歡上喪屍這麼重口的人形生物。不過，也許是姚茜茜的審美出了什麼問題？

? 貼心忠犬型的男配角

姓名：路易

年齡：死亡年齡25歲，喪屍年齡永遠青春靚麗的20歲。

身分：喪屍。

個性：溫柔，即使變成喪屍，依然會討女孩子歡心。

技能：雕刻討姚茜茜歡心的各種可愛物品；喪屍的基本技能，骨翼。

關於路易

生前是醉生夢死的花花公子，在變成喪屍後，這種個性成為他哄姚茜茜的特技。脾氣有點暴躁，但比起辰染來，還保留著人類的一些小聰明。

天然黑

男主角

姓名 辰染

年齡 死亡年齡39歲，喪屍年齡是永遠青春靚麗的20歲。

身分 死亡前是軍隊統帥，死亡後是喪屍。

個性 強勢，掌控欲強，隨心所欲。

技能 共生，撕咬：可以融合其他喪屍的能力。

角色簡介

生前是制霸一方的軍閥獨裁者，死後是一隻任性強勢天然黑的喪屍，雖然無條件的愛寵姚茜茜，但大多數時候還是牽著姚茜茜的鼻子走。

? 美型變態的男配角

姓名：海德里希

年齡：30歲。

身分：藍道夫基地領導人，病毒研究方面的專家。

個性：彆扭，殘虐，變態。

技能：高智商。

關於海德里希

他冷酷暴虐彆扭變態，幾乎沒有人類的情感，比喪屍還要可怕。對父親有著偏執的敬愛和崇拜，既極端渴望父親復活，又認為辰染的存在是對父親的侮辱。

Contents

ZOMBIE AND HIS LOVELY FOOD.

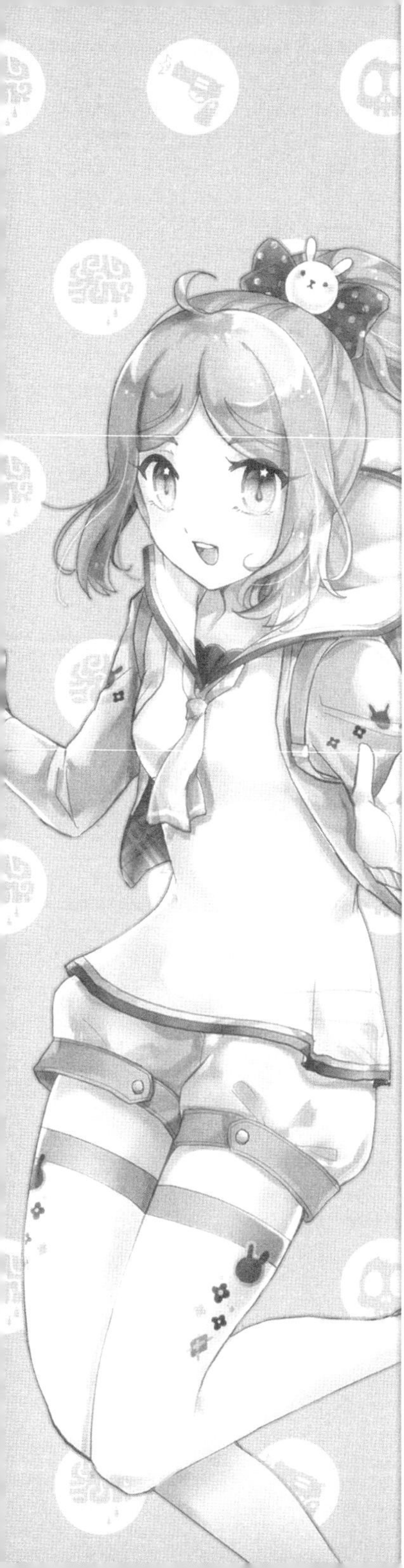

第一章 ! 辰染救命！這裡有變態！

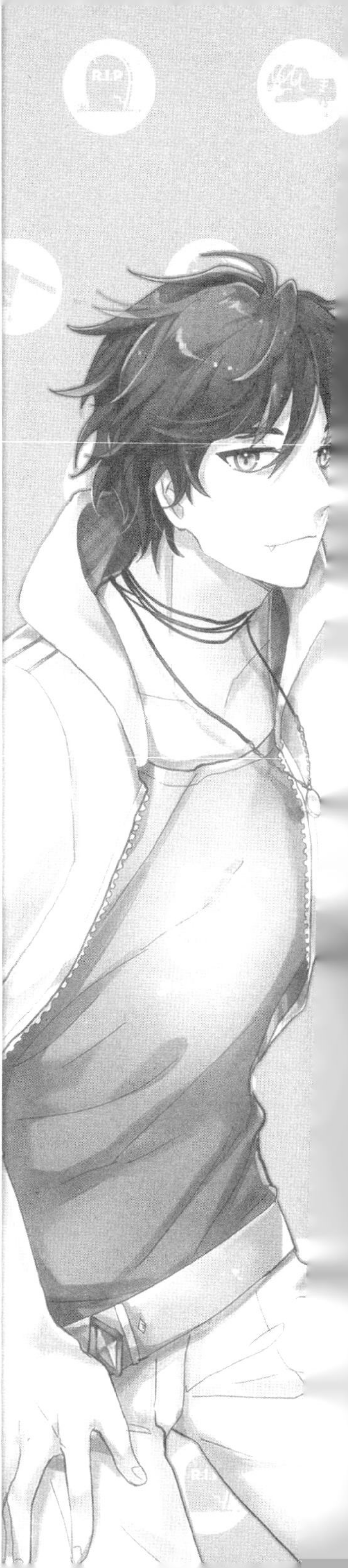

「報告，無變異反應。」

「加大劑量。」

「報告，無反應。」

「執行直接接觸。」

姚茜茜模模糊糊的聽著周圍響起回聲般的對話，意識好像蓋了層棉被，與她的身體隔離著，讓她睜不開眼。突然四周寂靜了，一陣劇痛傳來，她卻無法命令自己清醒過來。

「怎麼會……」

在寂靜之後，聲音突兀的響起。然後再次人聲鼎沸。

「準備創面試驗。」

「上帝！好神奇！」

半睡半醒間，姚茜茜似乎總能感覺到有一個熟悉的身影站在不遠處，凝視著她。

——是辰染嗎？

——辰染找到我了？

不知道過了多久，姚茜茜覺得意識一輕，好像包裹她的水泡終於被捅破，她周身的感官又鮮明起來。她費力的睜開眼，一片模糊的白。

姚茜茜轉動乾澀痠痛的眼珠，使勁眨了眨，這才看清楚她正面對著一個白色的穹頂。

——這是哪裡？

姚茜茜下意識的想坐起來，卻發現動彈不得。她疑惑的微微低頭四望，發現自己竟然一絲不掛的被束縛在一張醫用床上，延伸到床下的鐵索束縛著她的四肢，腰部也被緊緊的捆著。

姚茜茜嚇得呼喊著掙扎起來。

「醒來就這麼活潑，呵。」潤雅輕柔的男聲傳來。

姚茜茜一怔，看向聲源。

在離她很遠的牆邊，靠立著一位男子。他微微垂著頭，雙腿交疊，兩手插進口袋，黑色長髮整齊的垂在胸前，實驗白袍敞開著，裡面穿著一件白色的軍用襯衫，被他的胳膊壓出微微皺褶，一條黑色的領帶斜斜的露在外面。

姚茜茜想到現在自己沒穿衣服，這個男的不知道在這裡待了多久，身體就更是劇烈的掙扎起來，她的手腕和腳踝都被磨出一道道紅痕。

「別害怕。」男子聲音極低，像哄孩子般安撫她。說完，他直起身，軍靴和地面發出清脆的摩擦聲，動作優雅俐落，幾步就到了她的床邊。他俯下身，溫柔的撫了撫她的頭髮。

姚茜茜緊張得迫使頭微微離開床頭，下巴上的肉被她僵硬的動作疊成兩層。她警惕的看著這個陌生的男子，側頭躲避他的碰觸。

他的長髮垂到她的臉上，微微刺癢；他緋色的眼睛沒有任何情緒的看著她。

姚茜茜很不自在的抿起嘴，問道：「你是誰？」

「聲音還這麼清澈啊……」對方有些意味深長的感嘆道。男子躬身，探手到了床下，不知道按了什麼，只聽啪的一聲，姚茜茜覺得全身一鬆，束縛她的鐵索頃刻解開。他又伸出修長好看的手指，為她解開腰間的束縛。

姚茜茜等束縛全部解開，第一件事就是背對他，縮成一團。

這個陌生的男子彬彬有禮的向姚茜茜介紹他的名字——海德里希．馮．苒特斯。

「這是哪裡？我怎麼會在這裡？」姚茜茜蜷著身子，扭過頭問道。

卻看到海德里希像沒有聽到她說話似的，已經轉過身，拉開旁邊金屬櫃子的抽屜，取出一件疊得很整齊的白色衣服，並拿起一條白色的三角內褲。白袍隨著他彎腰的動作貼在他的身上，腰間卻微微凸起，像是有東西掛在那裡。捧好衣服，他回到姚茜茜身邊，把兩件衣物平整的放在床上，修長的手指把捏皺的內褲撫了撫。

姚茜茜看著臉一紅，趕緊扭回頭，心裡對他很感激。

當然，如果能有內衣就更好了……

「謝謝你。請問這裡是哪裡？」姚茜茜雙手交叉著擋在胸前，小心的再次問道。

「藍道夫要塞。」海德里希懶懶的回答，好像這並不是什麼重要的事情。

他再次俯下身，領帶懸到空中，領帶的末端在雪白的床單上形成一層小小的皺褶，他一手探進姚茜茜的肩膀與床鋪之間，一手探進雙膝之間，輕易的就把她從床的另一側帶到了他這邊。

姚茜茜只覺得身體一緊，突然就移動起來，緊貼上一具散發著熱量的軀體。她的背部能清晰的感覺到，在他襯衫裡面是線條分明、富有彈性的肌肉，堅硬又柔軟。這種感覺讓她有一瞬間的驚奇，但是馬上意識到這個人不是辰染，嚇得她想要逃離。

海德里希一伸胳膊就箍住她的腰，姚茜茜立刻像被咬住要害的小動物，怎麼掙扎也擺脫不了桎梏。

「放開我嗷嗷嗷——」姚茜茜這才發現，背對著一個人是多麼可怕。她完全像一隻被翻了殼的烏龜，怎麼撲騰都打不到對方。

什麼藍道夫要塞……她明明記得和辰染一起走在路上，然後……

黑暗的記憶立刻像被喚醒了一樣，映入她的腦海。

……然後，她掉進了一個地方，辰染來不及救她，辰染的斷臂和她一起掉進來了！

這絕對不是什麼好地方。聽著就像是人類基地！

她被抓了？為什麼？應該還沒人知道辰染的身分啊！

想到辰染，姚茜茜忍不住呼喚道：【辰染！辰染！】

「多麼怪異的名字。那是妳的情人嗎？」海德里希彷彿著迷的側耳傾聽。

「……」姚茜茜一僵，她剛才不小心喊出來了？

不過，他不認識辰染，最起碼說明他們還不知道。姚茜茜鬆了口氣。

「你快放開我！」她突然有了底氣，低頭彎腰，去掰腰間的手。

只要等著辰染來救她，到時候，哼哼！

「那斷臂的主人……」

海德里希手上用力一箍，姚茜茜只覺得五臟六腑都痛得要移位了，忍不住咳嗽起來。

「不會來救妳了。」他的聲音極低極輕，像是在姚茜茜耳邊宣告般。

「你說什麼？」姚茜茜顧不上疼痛，不可置信的扭頭看向海德里希。

他的領帶貼在她的胸下，他的黑髮鋪散在她裸露的身體上。

她的視線剛好看到他刀削般的側臉和喉結，又讓她有一瞬間的恍惚，這景色好像和她記憶中的畫面混在一起。

「他已經死了。」海德里希勾著嘴角，像宣判死刑的死神般，居高臨下的俯視著她。

「辰染才不會死掉！」姚茜茜被他胸有成竹的樣子嚇壞了，心裡不停的呼喚辰染，可是始終得不到回應，但她努力保持著鎮定。

「失去了一隻手，還被異能者狙擊……」海德里希細數著事實。

「不可能！」姚茜茜立刻打斷他的話，否定道。不知道為什麼，她就是無法相信他的話。

「即使是喪屍，被斬斷頭顱，也會死。」海德里希貼在姚茜茜的耳畔，輕柔的說道。長髮更加服貼的散亂在她的身上，他赤紅的眼睛認真的觀察著她表情細微的變化。

對方呼出的熱氣，讓姚茜茜的脖子上立起一排排小疙瘩。她先是眼神一縮，然後又不自在的微微聳肩，咬著唇不說話。顯然對方知道的不少，但是想讓她相信辰染死掉，是絕對不可能的。這種篤定的感覺很奇怪，她也說不上來，她就是知道辰染一定沒死，即使他無法回應她。

海德里希也不急著讓她相信，鬆開手，直起身。

桎梏一鬆，姚茜茜馬上爬到床的另一側，雙手抱膝，縮成一團，遮住身體，警惕的抬眼盯著對方。

海德里希慢條斯理的拿起被姚茜茜壓在底下弄皺的內褲，比了比，上前俯身，搬起她的一隻腿，就要往她腿上套。

姚茜茜反射性的一腳就蹬了過去，卻被他緊緊握住腳踝，使不上力。

她高叫：「我自己來！」讓一個陌生的男子為她穿衣服，她怕自己消受不起！

「乖乖聽話。」海德里希收緊手上的力道，毫無情緒的來回梭巡姚茜茜露出的私密處，「如果不想讓我看到更多。」

怕給對方背部，但是正面對著更可怕！

姚茜茜趕緊拿手擋住裸露的小胸，有些屈辱的憋紅了臉。果然沒穿衣服的要比穿衣服的難受多了。

海德里希見姚茜茜不再掙扎，動作輕柔的為她穿上內褲。姚茜茜看著那白色內褲緩緩滑過她的雙腿，速度慢得她都想要他放著讓她自己來！

隨著手上的動作，海德里希也更靠近了她。

姚茜茜艱難的抱著胸，向後微仰，欺上來的熱力和陌生的氣息讓她窘迫。對方還嫌不夠，一手抬起她的腰，一手完成最後的工程。她的頭被壓進他的懷裡，感覺到他有力的心跳，還有他手上的溫度。

被包裹上布料後，姚茜茜終於覺得不那麼難為情了，輕舒了口氣。

「真奇怪……」海德里希直起身，審視著姚茜茜，「妳好像對我一點也不懼怕。」

他頓了一下，又道：「不僅不懼怕，還信任。」

這種感覺很難形容，但如果一個人信任另一個人的時候，總能從對方的言行舉止中看出來。

姚茜茜也覺得很奇怪，她確實一直都沒擔心過他對她圖謀不軌。是她知道他不屑做這種事？還是跟辰染在一起久了，對人類男子已經沒有同類的感覺了？抑或是某種在心底縈繞不去的怪異感覺？

姚茜茜說不上來，只好無辜的看著他，又看看散亂在床邊的那件白色長衣。

那表情好像是在懇求他，讓她穿上衣服再繼續和他說話！她表現出來的感覺，似乎一點也不關心他的身分，以及她自己的境遇。

就好像，她不用關心一樣。

就好像，這些事已經有人關心了一樣。

這麼的有恃無恐……

海德里希微眯起眼。但他並不急著去追查這些，他還有更重要的事情要做。

海德里希勾起嘴角，指了指不遠處桌子上的餐盤，溫柔的問道：「餓不餓？」

赤紅的眼睛微彎，那模樣一下子擊打到姚茜茜的心田。

——又是這種熟悉且親切的感覺……

——真的好奇怪……

姚茜茜低下頭，看著自己的腳趾發愣。

海德里希也隨著她的目光看向她的腳趾，只見粉嫩的小珍珠們活潑有力的晃動著。他突然嘴角一挑，露出一股狂熱意味的笑容。

稍縱即逝。姚茜茜再看向海德里希，只見他端著一個小白碗走到她身前。非常近的距離，她一抬頭，鼻子就能抵住他衣服上的鈕釦。

他蹲下身，半跪在地上，面對她，平整的軍裝在他胯間皺起。

姚茜茜身子不自覺的微微後撤。

海德里希攪了攪手中的粥菜，先自己嚐了嚐，覺得溫度適中，才餵給了姚茜茜。

姚茜茜彆扭的推拒，伸手想接過他的湯匙，「謝謝你，我自己來就好……」看著他拿著銀湯匙的手指上那修剪整齊的指甲，她總覺得他現在的舉動有說不出的怪異。

他好像把她當成寵物或者某個對象，全然沒有距離感。

海德里希巧妙的躲開，拿著湯匙，很堅決的看著她。

姚茜茜皺眉，再次說道：「請讓我自己來。」

海德里希並沒有回答她，只是把湯匙再次遞到她的嘴邊。

她剛想繼續反抗，肚子卻傳來長鳴聲，她窘迫的臉紅，對上海德里希滿帶笑意的眼神，動作迅速的咬住湯匙把粥吃了進去。

海德里希耐心的等她嚼完，又餵上一口。

「我什麼時候可以出去？」姚茜茜吞下食物，趕緊開口問道。她發現對他不能說廢話，否則他不搭理……

「出去做什麼？」海德里希動作輕柔又強勢的把湯匙塞進姚茜茜的嘴裡。

「找辰染！」姚茜茜又快速嚼完，得空說道。

海德里希用鮮紅色的眸子瞥了她一眼，「不是說了，他已經死了。」

「才不會！辰染沒有死！」她就是知道他沒死！姚茜茜緊緊的握著拳，繃緊著身子看向海德里希。

嗷嗚——趁著她說話，又被餵進了一口。

姚茜茜趕快吞下去，想接著說話，海德里希突然面目猙獰，手裡的碗猛的摔了出去，陶瓷撞擊到地上瞬間碎裂，裡面的粥撒了一地。

姚茜茜嚇得說不出話來，呆呆的看著他。

剛才還好好的，對她笑，怎麼突然就變臉了……

海德里希讓銀湯匙順著自己的指縫掉落，微垂著眼瞼，俯視著姚茜茜，「不要質疑我的話，否則，我不知道會做出什麼。」

姚茜茜臉色一白，顫抖著看著海德里希。

海德里希湊近姚茜茜，一隻手撫上她的背，在她的耳畔極低極輕的說道：「妳是不是想清醒的把那些實驗再重新來一遍？」

姚茜茜眼睛陡然睜大，瞳孔驟縮，意識模糊間，那些疼痛像帶著記憶般，讓她的四肢痙攣了一下。她掉到這裡後，好像被做過各種實驗。

「姚茜茜，妳怎麼這麼好玩啊……」海德里希聲音低啞的感嘆道，像得到玩具的孩子一樣滿足的瞇起了眼。

姚茜茜驚恐的斜過眼珠看著海德里希，只見他長髮輕垂，明明是純白色的制服，穿在他的身上卻像來自地獄的天使，一點也不神聖，而是讓人心生畏懼。

海德里希滿意的微瞇紅眸，半跪在姚茜茜的面前，欣賞著她的恐懼，好像她的表情取悅了他似的。

半晌，海德里希站起身，撫了撫衣服上的皺褶。

「來，我帶妳去個地方。」

他向她伸出手，指尖晶瑩，手掌寬闊白皙，可以看出保養得很好。

姚茜茜倔強的扭過頭，卻在下一秒，緊抿著嘴，害怕的把手放進他的手裡。她本能的感覺到那雙迷人得如酒般醇厚的紅眸裡，根本沒有人類的感情——若忤逆他，只會帶給自己難以想像的後果。

不同於辰染冰冷僵硬的手，他的手溫濕柔軟，拇指上的薄繭摩擦著她的手心，有些癢。

原來都是她拉著辰染到這到那，現在變成他牽著她，卻同樣都就著她的步伐，不快不慢。

姚茜茜恍惚的側頭看著海德里希，彷彿辰染的身影和他重合了……

★※☆※★※☆※★

海德里希帶著姚茜茜乘坐電梯，到了基地最深處。

電梯門一打開，姚茜茜看到一條目力所不能及的長廊。和她所在的實驗室一樣，滿眼白色。

一想到實驗室，姚茜茜的臉白了一下，趕緊在心頭那個「永遠不會打開」的盒子上再落個鎖。

姚茜茜被海德里希牽著向長廊深處走去。她好奇的左看右看，驚訝的發現長廊兩側每隔一段距離就有一塊透明玻璃隔開的小房間，好像是在參觀水族館或者動物園的感覺。

玻璃裡漆黑一片，姚茜茜使勁看了看，也沒看出什麼。可是她總覺得裡面有什麼，不由得慢下腳步。突然，那玻璃發出一聲巨響，一道影子砸在玻璃上，嚇得她一激靈，全身的寒毛都豎了起來。

一隻青黑色、眼睛翠綠的喪屍趴在玻璃上，朝他們張牙舞爪！

姚茜茜不由得向另一側走廊後退，卻發現另一側的玻璃也撲上來一隻喪屍，朝她威脅嘶吼。她害怕的靠近海德里希，猜測這裡應該是一個專門關喪屍的地牢。而且這些喪屍都不同於普通喪屍，眼睛沒有瞳孔，眼睛的顏色各異，最重要的是似乎擁有心智，像極了她第一次見到辰染時的樣子……如果沒猜錯，應該是進化的喪屍！

一個基地下面關著進化的喪屍，實在太恐怖了！這讓上面那些人怎麼安然入睡啊……

海德里希體貼的摟住姚茜茜的肩膀，低頭安慰道：「別怕。他們出不來。」

姚茜茜被海德里希垂下來的頭髮弄得臉上癢癢的，輕輕抓了抓，不自在的點了點頭。必須順毛，她只需要忍耐到辰染找到她為止！

走廊的盡頭是一間傳統意義上的牢房——黑色鋼筋密密麻麻的豎立著，中間有三條橫著的，裡面也是漆黑一片。

海德里希的意圖再明顯不過，他帶著姚茜茜走一圈，只是看這裡有沒有她口中所說的辰染，以及弄清楚她是如何和一隻喪屍建立感情的。而這長長的走廊裡關押的喪屍，顯然對姚茜茜並不感興趣，更多的是對他的滔天殺意。

最後一間牢房，裡面關著一隻不一般的喪屍。

海德里希在鋼精鐵門前站立，雙手貼在兩腿外側，背脊挺直，下巴微抬，無任何情緒的凝望著裡面漆黑一團。

他站在那裡，優雅又高傲，矜持又自律，即使沒穿著軍裝，光憑那份氣質也能感覺到他是一名軍人。

姚茜茜覺得他一定受過很良好的教育，他對鐵門內的東西似乎懷著一種不同一般的情緒，是一個讓他不自覺就以軍人的身分相待的存在，似懷念又似遺憾……

——可惜是個變態……

姚茜茜站在海德里希的身後，撇了撇嘴。

突然「匡啷」一聲！一個巨大的身影猛的砸向鐵欄，對著姚茜茜發出一聲嘶吼！

那嘶吼好像在說：終於找到妳了……

或者：妳在這裡真是太好了……

姚茜茜眨眨眼，看著這隻衣服破爛、臉色蒼白的紅眼喪屍，有點眼熟！

海德里希淡漠的表情突然泛起一絲波瀾，猛的朝後面的姚茜茜看去。他盯著她，就像盯著一件新奇的寶貝。

如果把思想比喻成顏色，人類大多是色彩繽紛的。而喪屍，除去混沌的暗，就是腥膩的紅，他們像是天生的殺戮機器，只知道嗜血吞噬。

而海德里希擁有一種異能，他可以看到、捕捉到這些思想的顏色，並加以利用攻擊。

就在剛才，他從這隻喪屍身上感覺到了一絲不同。像是尖銳中突然出現一抹柔軟，這隻喪屍對她竟然懷有不同的情感，不再是不好吃的食物，或者是必須消滅的敵人，而是……

海德里希閉上眼，捕捉那細微的變化。漸漸的，他勾起了嘴角，微睜開眼，那雙鮮紅色眸子燃燒起一股狂熱。

而是，一個鮮明的影像，一個認同的存在，另一個自己……

——真有意思！

海德里希舔了下乾涸的嘴脣，好像聽到美好的旋律向著他未知的地方彈奏起來。

「妳的辰染？」海德里希側過身，溫柔的問姚茜茜。

「不是……」姚茜茜誠實的搖頭。她不認識他……

他的眼中閃過興奮，心想：喪屍對於她的親近，並不是偶然？

對於未知狂熱的著迷，讓海德里希白皙的臉上呈現出一抹不正常的紅暈。

海德里希突然上前，一把橫抱起姚茜茜，大步走到牢籠前。姚茜茜驚叫一聲，下意識的拉扯著他的領帶，打挺著身子想掙脫他。

海德里希根本不管她弄亂自己的衣服、撕扯自己的領帶，只是緊緊的禁錮著她，瞇眼感受著牢籠裡的喪屍心理微妙的變化。

他壓下她揮舞的雙手，笑著朝裡面的喪屍輕聲問道：「你想要她？」

從來沒回應過海德里希的喪屍，紅寶石般的眸子突然看向他，喉嚨發出威脅的咆哮。

顯然他是可以聽懂海德里希的話，只是原來不想聽，或者根本不在意而已。

海德里希往旁邊的牆上一按，鐵欄門被徐徐拉上，裡面的喪屍愣了一下。在鐵欄門緩緩上升之際，他更凶狠的看向海德里希，像是蛇盯著獵物一樣。

突然，海德里希將姚茜茜扔了進去！

姚茜茜嗷了一聲，就被裡面的喪屍穩穩的接住了。但是喪屍堅硬的身體和地面並沒有什麼兩樣，姚茜茜疼痛的揉了揉腰。

抱住姚茜茜的喪屍，像終於獲得了珍寶般，將姚茜茜護在懷裡，看著鐵門再次關閉。

海德里希拉下被姚茜茜撕扯得歪斜的領帶，隨手一扔。他整理了下襯衫，繫上僅存的幾顆釦子，腹部美好的肌肉紋理隱隱顯露。

他揚起嘴角，目光一直沒離開鐵籠裡面的一屍一人。

姚茜茜有些害怕的躲在角落裡，抱膝埋首。那隻喪屍蹲伏在她面前，歪著頭，一動不動，像石雕一樣，有些為難的看著她。

剛才海德里希沒說一句話就離開了。

看著他離開的背影，黑髮微搖，身子筆直，步伐穩健。姚茜茜突然就明白了，那不請自來的熟悉感以及信任感是為什麼，因為他的身形很像辰染！

姚茜茜覺得，只有變態才會把人和喪屍關在一起。顯然，他不愧於他的屬性！

——辰染什麼時候才能找到我……

——辰染……

姚茜茜的眼淚不聽話的湧出來，打濕了她的膝頭，她漸漸的小聲嗚咽起來。

她這輩子都沒像現在這麼害怕過。她原來在地下軍事基地也遭受過這樣的待遇，她還覺得路德維希難以讓人忍受，但現在才知道，他不管怎麼說都在堅守人的操守和道德底線。而海德里希完全把她當成一個玩具，高興了哄哄，不高興了毀滅，任意蹂躪，任意欺辱……而她又不敢反抗。

姚茜茜抽噎著，在白衣上蹭著鼻涕眼淚。

突然，她覺得肩膀被點了點。

她沒在意。

肩膀又被點了點。

多次以後，她想不在意都不可能了，她疑惑的抬頭。

那隻喪屍好奇的看著她。

姚茜茜朝那隻喪屍皺了皺鼻子，表示不友好。

她想起他是誰了，雖然他和原來的樣子有點不一樣，青黑的皮膚和辰染一樣，都進化成了蒼白，柔順的金髮變成短短的模樣，但是樣貌沒變。

他是路德維希囚禁的那隻紅眼喪屍，路易。

說起來，路易不是被辰染吃掉了一條胳膊嗎！

姚茜茜看了下他健全的四肢，果然是可以再生！

那麼辰染的那隻斷手，應該也會再生吧！

「不要哭。」路易艱難的擠出一句話來，像兩片砂紙在打磨般嘶啞刺耳。他的面部表情像石雕一樣僵硬，沒有辰染那麼豐富。

路易的鼻梁挺直，嘴脣微黑，嘴角上挑，眼睛狹長，眼角微微上揚，下巴堅毅。面無表情的時候總透著一股輕狂和漫不經心，這跟他呆滯的眼睛很不相配。

這面龐彷彿訴說著他生前死後不同的命運軌跡。

姚茜茜臉抵在膝頭，不再看他。睫毛上沾著淚珠，她自我安慰的想，最起碼和路易在一起，比和海德里希安全多了。路易對她沒有惡意，高級喪屍又不愛吃人，如果能一直在這裡等到辰染來也不錯。

她猜不出來為什麼海德里希把她和路易關在一起……總之，海德里希沒安好心就對了！對她執行那麼多實驗，不可能是他一個人完成的吧。而他現在卻可以輕易的處置她，八成不僅是個醫生，還是這個什麼要塞基地的高層。

沒想到，人類中還有這麼大的地下基地，果然是百足之蟲，死而不僵……

姚茜茜有一搭沒一搭的想著，沒注意路易撕下自己身上為數不多的布料，放在手上搗鼓。

一會，做好後，他再點點姚茜茜的臂頭。

姚茜茜無力的側過頭，靠著膝頭，漫不經心的看向他。然後，她一下子直起身子，驚訝的看著他手裡的東西，又看看他。

路易攥著一朵用布料做成的小花。

層層花瓣疊在一起，中間還有個菱形的花蕊，雖然顏色發汙，但是樣子倒是維妙維肖。最起碼這個出自一隻喪屍之手，就夠讓她驚嘆不已了。

路易觀察著姚茜茜的面部表情，發現她咧開了嘴角，也跟著學她的樣子，咧開了嘴角。他笑著的樣子像是在壞笑。

他一手攥著布花，一手拄地，身子前傾，朝她的方向推了推。鋒利的指甲小心的收在內側。

「這是給我的？」姚茜茜有點不可置信的看著路易。

路易點點頭，又露出一個笑容。

姚茜茜小心的接過，攥緊手裡的節點，以免小花鬆散損壞。

明知道沒有香氣，她依然把小花放在鼻間嗅了嗅，聞著聞著，又哭了起來。她第一次收到花束，雖然只有一朵，雖然不是真的，但是在此時此刻、她最害怕無助的時候，竟然有一隻喪屍為她做了一朵花。

路易收了笑容，紅眸裡滿是疑惑，眉頭微微皺起。他想要碰碰她，問她怎麼了，為什麼還是哭泣。可是他尖長鋒利的指甲伸出去，卻在半空停滯，復又緩緩垂下。

姚茜茜吸了吸鼻頭，對路易說：「謝謝，我真的好喜歡！」

路易垂著嘴角，默默的注視著她。

喜歡為什麼還要哭泣？是他做得不夠好嗎？

「眼淚並不一定代表憂傷，也有可能是喜悅和感動哦！」姚茜茜彎著眼睛，擦著淚，笑咪咪的解釋道。

路易咧開嘴角。

她不知道，他對她的呼喚從未停止過，不管是白天還是黑夜，不管是日落還是破曉。可無論如何，都未到達過她的心底。

他卻無法放棄。就像他碰到那隻和她在一起的喪屍時，明明本能的屈服投降，卻在最後一刻選擇逃走。

在她之前，他眼中只有食物；而遇到她之後，他眼中除了食物，還有她。

就好像是為他的不斷吞噬找到了一個理由，為他的生存找到了一個理由。

——我做的一切都是為了……與妳相遇！

現在，她終於聽到他的呼喚。

路易的視線移到姚茜茜當寶貝攥著的小布花上，他似乎找到了一個與她溝通的法寶。

在另一端的監控室裡，海德里希用手指支著頭，頭髮垂落在一邊，襯衫最上面的兩個釦子鬆著，半遮半露著他線條鼓脹優美的胸肌，修長結實的雙腿交疊在一起，慵懶的斜坐在椅子上，目不轉睛的盯著監控畫面上姚茜茜的一舉一動。

她能獲得喪屍的好感，但不是全部，也不是唯一。就好像冥冥之中有某種條件或者契機，一旦符合，才會生效。

海德里希摩挲了下自己的嘴唇，陷入沉思。

——這麼弱小、柔軟、任人玩弄的生物，到底有什麼特別之處……

★※☆※★※☆※★

漆黑的夜幕中，一道頎長挺拔的身影漸漸走近，染著黑血的襯衫獵獵飄動，黑髮被夜風吹起覆蓋住他的面龐。金色的眼睛在夜晚發出讓人膽寒的亮光。

他右手提著一顆人頭。人頭斷面上正不斷的流下黑血，人頭的表情似猙獰又似解脫，微閉著的眼睛沒有瞳孔，像藍寶石一樣美麗。

他為了破壞這金屬的地堡，吃了所有他能吃的食物。

他能感受到茜茜的位置，但是他們之間的通話好像被什麼阻隔了一般。

他撫上胸口，那裡彷彿有心臟在狂跳或微縮。這並不是他的錯覺，而是他的茜茜在受傷，在哭泣，在呼救。

這種感覺，能讓他做出任何瘋狂的事來。

他知道，他的茜茜在這個地底受苦。

——不能放過這群人類，絕對不能！

黑夜中徒步前進的辰染，彷彿要融入那片漆黑中，不管是他的身體，還是腦子……

第二章 ! 他們有血緣關係嗎？

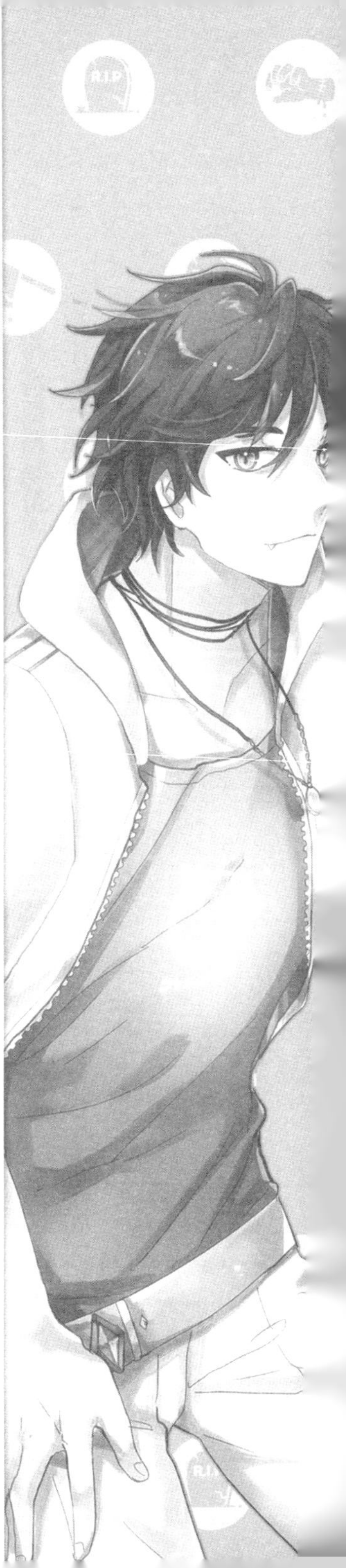

海德里希來看姚茜茜的時候，她正坐靠在鐵欄上，端詳手裡巴掌大的布鳥。

路易像一堵牆，一動不動的半跪在她身後，一手向前微微伸著，另一隻手肘搭在半彎的膝蓋上，把姚茜茜納入他的保護範圍。

只要姚茜茜往後一挪，就能碰上他大理石般堅硬的胸膛。

可是他既不貼近也不遠離。他擔心她會害怕他的碰觸，一如他們剛見面時那樣。

他側著頭，像寶石般璀璨美麗的紅色眼睛，貪婪的欣賞著姚茜茜的一舉一動。

姚茜茜聽到軍靴踏到地面的噠噠聲，立刻抬頭，就看到海德里希穿著白色實驗袍，優雅緩慢的走來。

一股閒庭信步的味道，好像他來的不是地牢，而是旅店。

姚茜茜警惕的盯著海德里希的一舉一動，生怕他又要做出什麼變態的事情。

海德里希只是半垂著眼瞼，雙手插在口袋裡，「我打開鐵籠，妳走出來……如果不想死的話。」

姚茜茜才不會聽他的，抱著路易給她的小玩意，向後一靠，就貼上了路易的胸膛。比起海德里希，她覺得跟路易待在一起更安全些！

路易微微一顫，雙手在空中慌亂的擺動了下，只感覺珍寶落入懷中，不知如何對待。

海德里希嘲諷著微微揚起嘴角，「姚茜茜，我從來不給人第二次機會。」

姚茜茜乾脆撇過頭，不去看他。

白衣勝雪，和他梳得一絲不苟的黑髮相交映襯，他雖然笑得很美，但是面部的肌肉卻微微抽搐，讓人覺得他其實動怒了。

海德里希認為，比起原來毫無感情的路易，現在的路易更好被控制。所以他動用異能，侵入到路易的意識裡，控制他。雖然喪屍沒有性能力，但是他有的是辦法折磨她。

他要好好教訓一下姚茜茜，讓她明白他要她做什麼，就必須去做。

可是事實卻不像海德里希想的那樣。現在路易的意識就像是被鐵桶圍住了一般，毫無破綻。

海德里希有一瞬間臉色猙獰，但是很快就斂去。沉默了一會，他突然像是知道了什麼有趣的秘密般，骨節分明的手捂住嘴，低笑起來。

姚茜茜奇怪的看向海德里希，不明白為什麼他突然笑出來。

不愧是在生命科學領域有著卓越天賦的人，海德里希稍作思考，就頓悟出了姚茜茜和這些喪屍之間的關係。

他真是失策。

「妳不願意，我也不勉強。」海德里希手掌輕撫嘴脣，輕輕的說道：「不過這裡的喪屍馬上就要全部被放出來，到時候妳會遭遇到什麼，我也不知道。」

姚茜茜倒抽了一口冷氣，「為什麼？你不怕他們吃掉這裡的人？傷害到你？」她感覺這裡的喪屍明顯把他恨進骨子裡了，天知道他用了什麼方法囚禁這麼多高級喪屍……

海德里希攤攤手，輕描淡寫的說道：「比起我，他們更喜歡互相吞噬吧。」

姚茜茜認同的沉默著。他說得沒錯，這麼多高級喪屍如果同處一室，一定打得頭破血流，將對方吃光為止。

看著海德里希一臉無波的表情，姚茜茜有時候覺得很難理解他的想法，把這些喪屍關起來一定不是一日之功，也不可能輕而易舉，而現在他說放就放……

就好像他有不得不這麼做的原因。

姚茜茜猛然明白過來，他來這裡，可能就是為了帶她離開。

果然，一個待研究的人類比起這群喪屍更讓他感興趣……

海德里希看著姚茜茜一臉了悟的表情，好像知道了她心裡的想法般，輕笑道：「妳也不是那麼笨。」黑色的長髮隨著他身子微微的輕顫，緩緩的掉下了一縷。

姚茜茜翻了個白眼，一會又正了正神色，關心的問道：「出了什麼事？」

海德里希輕撫著那一縷頭髮，然後解開髮帶，修長的手指輕輕梳理了下長髮，白皙如玉的手指劃過黑色絲綢般柔順的長髮，露出緊實的脖頸，重新繫上髮帶，動作乾淨俐落，卻為他平添了一份性感妖嬈。

海德里希並沒有理睬姚茜茜的問題，在得知姚茜茜不願離開後，他毫無眷戀的旋了腳跟，打算離開。

這時，電梯門突然打開，從裡面跌出一個渾身是血的軍人。

海德里希瞳孔一縮，快步向前，將奄奄一息的軍人抱在懷裡。

軍人的鮮血在他的白衣上染出一大朵一大朵的紅花，他渾然不在意的平靜詢問著。

「長官……上面支撐不住……A組全軍覆沒……」

姚茜茜只能斷斷續續的聽著，眼珠轉了轉，覺得是這座基地出了事情。

海德里希放倒斷了氣的士兵，起身走近電梯旁的一組按鍵，染血的手指翻飛，不知道在做什麼。而電梯突然啟動，邊緣的燈泡忽明忽暗。

海德里希脊背挺直，雙手服貼的放在身側，抬起下巴，慵懶的低語：「來吧，讓我看看你到底是什麼。」

姚茜茜專注的看著事態發展，不一會就看到一個電梯箱緩緩從上面降下來。不知道為什麼，她突然緊張得直了腰，心怦怦怦的狂跳起來。

海德里希撫平了一下剛才弄皺的白袍，彈了彈手上的血，像是歡迎朋友般輕鬆的看著電梯箱落定，緩緩打開。

紅色眸子裡暗光一閃，他迅速的啟動異能，侵入到對方的意識裡。對方沒有任何防備，他輕鬆得就像是戳進一個水泡裡。他很有自信對方將落入他的股掌之間，任他玩弄。

可當電梯門徹底打開，海德里希看清楚對方的樣貌後，臉上的漫不經心和一貫的波瀾不驚都不見了。

他像受到極大的震驚般，雙目瞪大，瞳孔縮得很小很小，僵立在那裡。

「Vati……」

「辰染！」姚茜茜雖然只看到一個模糊身影，可她知道那是辰染。那熟悉的氣息彷彿又回到了鼻間，連這裡的空氣都變得親切起來。

辰染扔下手裡的殘屍，嘴角挑起一個笑容，「茜！茜！」

他根本沒有在意站在他咫尺、走廊正中央、擋住他路的海德里希，連一個眼神也懶得賜予，直接越過他，飛快的移動到姚茜茜那裡。

海德里希跟著辰染轉身，看著他的背影，低下頭，髮帶斷裂，黑色的長髮像絲綢般飄散，擋住他此刻的表情。他握緊拳頭，指節發白，全身輕輕的顫抖起來，背卻更加挺直。

辰染握住鐵欄，一使力就將它拔除了，姚茜茜被飛起的煙塵嗆得咳嗽，落了滿頭灰。顧不得幫姚茜茜拂去落到她頭頂上的灰塵，他一把就將她摟在懷裡。

姚茜茜嚇的驚叫一聲，雙手還停留在頭上，想拍灰，沒有任何防護的胸部被狠狠的一撞，疼得她都想割掉算了。

【茜茜……】

【嗷嗷嗷……】辰染，你實在太用力了！

久別重逢，姚茜茜有很多苦要訴，可現在她只想好好的窩在他懷裡，呼吸著他的味道，緩緩這痛苦的胸痛。

辰染用高大的身軀裹住姚茜茜。他瞇起眼，危險的看向她身後的路易。

路易朝他威脅的齜牙。

辰染金色的眼睛中突然紅光一閃，路易就像是看到天敵般，哀叫一聲，退到了囚室後面的黑暗裡。

辰染也不忘示威的齜了齜牙，一顆顆尖利的牙齒出奇的潔白，牙齒間閃著紅粉色。

喪屍本來是不會畏懼任何強敵的，他們的意識裡只有吃掉對方，並不會在意對方是不是強大自己數倍，也就沒有逃走一說。因此，他們看到就打，打得過就吃掉。可是現在，路易卻不想遵守這種本能，他甘願躲起來，也不想去襲擊這個比自己強大的喪屍。因為如果攻擊對方，他注定要被吃掉；被吃掉了，就再也見不到茜茜了……

辰染亦是，他對這個喪屍沒有任何食欲。或者，比起吃掉對方，他更喜歡此刻和姚茜茜相擁的感覺。

姚茜茜緩和了胸部劇痛後，環住辰染的脖子，滿足的埋在他的懷裡。

突然她身子一頓，不可置信的仔細摸了摸辰染的後頸，手下的肌膚暖暖的，還有了彈性。

【茜茜……】辰染埋在她的頸窩裡，蹭了蹭，然後揚起頭，伸出舌頭，輕輕舔起她的下巴。不再是冰冷滑膩的觸感，而是溫潤潮濕，舔過的地方留下一道道水漬。姚茜茜眨巴著眼睛，覺得現在就像真的被舌頭舔來舔去一樣！

【辰染，不要舔了。】姚茜茜害羞了，後仰著身子，躲著他的舌頭。

辰染當然不會聽話，依然舔著他想舔的地方。

姚茜茜的眼角餘光卻瞥到了走近他們的海德里希。

海德里希嘴角輕抿，面部的肌肉微微抽搐著，紅眸像被覆上一層黑霧，他靜默無聲的看著他們——不，是看著他。

姚茜茜邊躲避著辰染的舌頭，邊有些戒備的觀察海德里希。

黑髮披散，膚白勝雪，沾染了大片鮮血的白衣卻平整的穿在他身上，讓他看起來就像專取人性命的死亡天使。

有什麼念頭從她的腦中一閃而過，可她並沒有抓住。

辰染又是一波胡亂舔拭，姚茜茜覺得自己的眼睛都被口水淹了，趕緊收回目光，一把抓住辰染的舌頭。她對著辰染發飆，要他別再舔了。

猛然，她放掉辰染的舌頭，雙手托起辰染的臉好好的看了看，又再次看向海德里希。

視線來回梭巡好久，姚茜茜呆滯了。她終於明白，為什麼她對海德里希總有一股親切感……

辰染和海德里希簡直是一個模子印出來的！

兩個人不管是五官還是臉型、身材，都極為相似。只是因為他們的氣質相差甚遠，姚茜茜一時沒察覺出來。

——這兩個人絕對有姦情！

等姚茜茜發現這個事實，就怎麼看海德里希怎麼不順眼。頂著一張辰染的臉，做那麼變態的事，讓她一下子就恨不起來了！

【辰染！】姚茜茜使勁拉了拉辰染的頭髮，把這幾天受的罪遷怒到他身上。

辰染被姚茜茜拉得低了低頭，有點微微的刺痛，不過與其說是痛，不如說是麻。他忍不住用舌頭像舔霜淇淋一樣，使勁的從她的下巴一路跨過千山萬水，好好的舔到了額頭，留了條長長的水漬在她臉上。

姚茜茜瞬間呆滯。她總覺得辰染把她當成了什麼好吃的東西，興奮的舔舔舔，舔夠了就會一口吞掉。

這想法實在太驚悚了，姚茜西一下子就被嚇回了現實。

看著海德里希暗沉的紅眸、抽搐的臉部肌肉，一副在暴怒邊緣的表情，姚茜茜認為他們有必要關注一下被他們忽略很久的人……

【你和他長得好像！】姚茜茜摸了把臉，甩掉臉上的口水，推開辰染的舌頭，指著海德里希說道。

辰染對此沒有興趣，連看都沒看背後站立的人。

姚茜茜苦惱了，以海德里希見到辰染時的震驚來說，他肯定認識辰染。而且他們長得如此之像，充分說明他們之間一定有血緣關係。

應該是直系。因為只有直系親屬之間，才會有如此相似的容貌。

血緣這種東西真的太奇怪，近似的基因遺傳、相似的外貌、相近的性格脾性，讓彼此間總是多出比常人更深的羈絆。

——難道是，兄弟？

這是姚茜茜唯一能想到的關係，因為看辰染的樣子，年紀和海德里希相仿，都是二十郎當、不到三十歲的美青年。

只不過一個是喪屍，一個是變態……還真像一家人啊！

可是辰染卻對海德里希完全沒印象。

不過這也難怪，辰染變成喪屍了嘛！除了名字，早就忘掉了一切。而現在，他的過去就擺在那裡。姚茜茜很猶豫，是勸說辰染找回記憶？還是順其自然，忘掉就忘掉好了？

她不知道哪一種才是對辰染好的決定。

【辰染，海德里希好像認識你，他一定知道你的過去。你可以問問他，可能就會知道自己從

何處來，自己在這個世界上還有哪些親人，自己是誰……】

姚茜茜想了想，決定還是讓辰染自己做決定。

【過去對一個人很重要，代表著他活在這世上的證明。】

姚茜茜不知道該怎麼形容過去對一個人的重要性，但她就是覺得如果自己失去記憶，一定會很想找回它。沒有過去，不知道自己是誰，該何去何從，這是多麼迷茫和痛苦的事。

可是辰染不為所動。他從來都不關心他從何而來，更對親人沒有概念。他本來就是一隻不斷吞噬血肉才得以進化生存的喪屍，即使有了心智、有了記憶、有了情緒，那也只是對著一個人所產生的——

他的茜茜。

他的記憶裡只有她，他的情緒為她而生，他的所有考慮全是為了讓兩個人永遠在一起。

即使這個食物有個名字叫海德里希，也得不到他半點的關注，而跟他長得像這一點，就足夠給他理由把對方抹殺掉了。

他明顯可以感覺到因為相似的外貌，茜茜對那個叫做海德里希的食物產生了莫名的親切感。

這明明應該只屬於他！

辰染殺意剛起，卻發現海德里希比他要搶先一步。

海德里希不知道怎麼了，對著手腕說了幾句話之後，走廊裡關著喪屍的牢房的玻璃門統統開啟了，無數飢餓的惡魔被放了出來。

海德里希眼神晃動，盯著辰染的背影，有些瘋狂的無聲大笑，把他的嘴角都擠出兩條弧線。他想過無數次重逢，發瘋的想過，想得呼吸停窒、腦子發痛，卻沒想到和當初一樣，即使對方擁有了情感，也依然要殺掉他。

海德里希的異能是「讀心」與「控心」，他輕易的把辰染和姚茜茜的對話讀取了。讀取喪屍的記憶情感本是一件困難的事情，因為他們並不像人類那麼整齊的把各個記憶分門別類的放好，而是雜亂無章，盡是欲望的本能。

而只有他，被姚茜茜稱為辰染的喪屍，是個例外。

從一開始海德里希就能輕易的侵入辰染的想法、窺視辰染的行為，就好像有什麼橋梁把他們倆相連起來。

他能輕而易舉的讀取，卻無法控制。

海德里希的異能正如天平一樣，一方沉下，另一方就升起。

然而，現在海德里希有些憎恨這項異能。因為他根本不想知道這隻喪屍在想什麼，他寧願只控制他。

喪屍群出籠，做的第一件事就是撲向白衣染血的海德里希，啃噬撕咬。

可是海德里希一點感覺也沒有，任由那些喪屍把他撲倒。烏黑的長髮被衝力帶得飄起，衣角翻飛，他似享受般的笑著，彷彿只有這些疼痛才能讓他清醒一些。

姚茜茜沒想到海德里希突然發瘋，還用這種玉石俱焚的方法。她害怕的閉上眼，躲進辰染懷裡，不敢看那些喪屍啃咬海德里希的血腥場景。

辰染面無表情，金色眼睛無波無瀾，身體卻緊繃起來。

不同顏色的眸子，代表著不同的力量。數量如此多的高級喪屍聚集在一起，既是饕餮盛宴，也是血肉地獄。

如果可以選擇，他更希望帶著茜茜逃走。

可是，海德里希並沒有給他們這個機會。他拿出一顆黑色圓潤的透明結晶，咳著血服下。立刻，他身上深可見骨的傷口開始復原。

利用力量爆發的這一刻，他強制的在這些喪屍腦海裡輸入了殺死辰染的意志。剛被釋放出來的喪屍們全身一僵，然後很恐怖的一致看向辰染。

辰染眼神一黯，面對這些喪屍，把姚茜茜護在身後。

他覺得這一刻他是恐懼的，恐懼失去茜茜，恐懼無法再見到她，恐懼他們會分開。可是這些恐懼又讓他抵住了屈服的本能。

他願意一戰，也必須一戰。就算只剩下一絲腦髓，也要為他的茜茜流盡。

辰染回身，迅速豪放的舔了舔姚茜茜的臉，沒有說任何話，就瞬間移動到了那些喪屍面前，展開他全部的力量。

姚茜茜被這突如其來的巨變嚇得不知如何是好，那麼多雙危險的眼睛瞄準著他們。那種感覺就好像他們正站在懸崖邊，被一群凶惡的野獸包圍，沒有退路，也沒有勝算。

她顫抖的手都來不及抓住辰染的衣角。她不想讓他去面對那麼多和他實力幾乎一樣的喪屍，她不想讓他去送死。可是轉念一想，說不定她自己也會死。

對，她都已經發過誓了，如果辰染不在，她也不會活著。

這麼消極的思想卻在此刻給了她無限的勇氣，讓她輕易的平復了狂跳的心和顫抖的身體。

她什麼都做不了，但她可以選擇和他一起死去。

海德里希搖搖晃晃的站起來，背抵住走廊左邊的牆壁，側頭看著被喪屍群包圍的辰染，挑釁的一笑。

——你瞧，即使你不再認識我，我還是為你準備了見面禮。

——親愛的Vati，希望你喜歡。

一直躲在暗處的路易悄悄爬出來，輕輕點了點姚茜茜的肩。

姚茜茜吃驚的回頭，眼前猛然出現一隻泥土捏的知更鳥。雖然是泥土做的，卻精緻得連鳥嘴和羽毛的紋理都清晰可見，彷彿上了顏色，它就能飛起來。

「……」你是不是把地板挖穿了啊！

姚茜茜無語的看向路易，躲在裡面大半天，就搗鼓這個去啦？

她覺得他的內心比她強大！

真的！

可是她現在沒心情欣賞，又不忍路易如孩童般邀功期待的眼神，只好從路易青黑色長指甲的手裡接過知更鳥捧著，象徵性的給了他一個感謝的眼神。

看看這隻巴掌大的知更鳥，才稍微的晃動了一下，它身上的泥土就紛紛掉下來，脆弱得正如現在的她與他。

姚茜茜抬頭，想對路易說以後都不用做玩具給她了，因為她大概活不了多久。可是看到路易擔心的紅眸、皺到一起的眉，她突然有了另一種想法！

「路易啊，求求你去幫辰染的忙好不好！」姚茜茜像是抓到救命稻草般的央求路易。

多一屍多一份力！

其實不只他，她也可以！回憶起曾經和金眼喪屍的一戰，她也曾玩過電鋸殺喪屍的！

「我們一起去！」姚茜茜緊接著說道。

路易本來懼怕的看了那群喪屍一眼，本能的後退。可是他被姚茜茜眼睛裡的光彩吸引，又歪了歪頭，痴迷的看向她。

姚茜茜興奮了！情緒高昂了！

與其坐以待斃，不如同歸於盡！

「好不好？反正那些喪屍吃了辰染後，早晚也要吃了我們。不如一戰！」姚茜茜勸說道。

路易為難的看看姚茜茜，露出一個「真是拿妳沒辦法」的表情，朝她皺了皺鼻子，然後同意的點點頭。

姚茜茜高興極了，磨刀霍霍。生死關頭，她的腎上腺素直線上揚。

「我需要個武器，你等等，我找找看。」姚茜茜可不認為她也能像路易或者辰染那樣，光憑牙齒和爪子就能擊潰對手。

路易歪頭想了想，拿尖尖的指甲一劃，然後遞給了姚茜茜一隻……

姚茜茜露出一個比哭還難看的表情，狠了狠心，收下了路易給她的武器——他的左臂。

手指上面長長的指甲閃著青黑色的鋒芒，姚茜茜拿著它，寒毛豎立的帶著路易，一起衝進喪屍戰場！

海德里希不惜以命相搏，換來了這個殺死辰染的意志。

卻不料讓姚茜茜和路易鑽了漏洞。

如果在平常，但凡高級點的喪屍都知道保護要害，輕易不會讓對方得逞。畢竟喪屍就那麼一個弱點，誰不藏著掖著。

可是現在，喪屍們都去攻擊辰染，路易和姚茜茜就像切菜一樣，一手一個，照準腦門戳！對方卻像沒看到一樣，毫無防備和還手的意思。

隨著倒下的喪屍越來越多，場面開始向辰染他們有利的一面發展。

而海德里希連一根手指都動不了，身體的再生已經耗去他全部的精力，只能眼睜睜的看著本來陷入危局的辰染步步逃脫。

這真讓人生氣，卻又讓他的心平靜。就好像波濤洶湧的大海，表面上巨浪翻滾、氣勢滔天，而深處卻無波無瀾、靜謐幽深。

辰染會逃掉。海德里希平靜的想。可是這又怎麼樣？

姚茜茜想得沒錯，血緣是個很奇怪的東西，它會讓人下意識的敞開心扉，原來看得不分明的心靈，也因為辰染而讓他一窺究竟。

不管辰染在何處，海德里希都能知道他的所思所想，感受他所做的一切，就好像他們邁著相同的舞步，和同一個人在跳華爾滋。

還有比這個更有意思的嗎？

他有的是耐心和時間、天賦和精力，他會慢慢的蹂躪他們、踐踏他們、折磨他們。

海德里希想著想著，力竭的合上雙眼，鮮血沾染在他長長的睫毛上，臉色蒼白得可怕，讓他看起來是那麼的病態可憐。然而，掛著鮮血的嘴角卻勾起一個漫不經心的微笑，緩緩任黑暗吞噬他的意識。

沒有了總是帶著嘲諷和瘋狂的紅眸，往日的狂氣和不在乎漸漸褪去，只剩下滿身狼籍的身體還孤獨的躺在地上，和不遠處的修羅戰場形成鮮明的對比。

鮮紅色的血液把他映襯得好像美麗妖嬈的殘敗蝶翼，靜靜的伏在暗處，驕傲又頹廢的等著毀滅或者重生。

姚茜茜有些生氣，路易這個幫手實在太不敬業了！自己戳著戳著就不務正業的蹲下，津津有味的啃起屍體。

她既要戳喪屍，又要面對路易血腥的吃法，真是有些受不了。

能不能誰來幫個忙，先讓她吐一下？

不過，值得高興的是，路易自殘的斷臂在他吞噬屍體的時候慢慢復原，並且比原來更鋒利、更結實。

而本來當靶子的辰染，竟然也開始不專心致志，一邊抵禦強敵，一邊和路易搶起食物。

姚茜茜嚇得邊戳邊對他們兩個直吼，不好好工作，小心滅團！

辰染和路易像是沒聽到般，竭盡所能的吞食著最近的食物屍體。剛才的悲愴情懷全都煙消雲散，只剩下姚茜茜抱怨的抗議，和兩人咯吱咯吱吃東西的聲音。

這些喪屍雖然多，雖然實力強勁，但因為被意志束縛，在姚茜茜一人兩屍的聯手下，只能一個個倒下。不久，被屠戮乾淨。

「路易，拜託有點出息好不好……不要舔地上的血嗷嗷嗷！」

「辰染，現在不許用你的舌頭碰我！你看看上面多少肉渣渣！嗷！」

姚茜茜抱著腦袋搖頭大叫。

那兩個傢伙，就像好久沒吃過飯的餓漢似的，不僅一塊沒剩的吃光了所有喪屍，連他們落下的血跡都不放過。

一次進食了這麼多，不管是辰染還是路易，都是一臉饜足。

辰染眯著眼，抱回亂撲騰的姚茜茜，伸著舌頭有一下沒一下的舔著她，把她舔得哇哇亂叫，他還覺得很有意思。

一旁的路易也學著辰染的樣子，伸出一條在長度和形狀上都不遜於辰染的尖錐舌頭，也想分一杯羹。

可顯然，辰染不同意。

辰染立刻齜牙威懾了他一下，路易本能的畏懼，悻悻的縮回了舌頭，後退幾步，抿著嘴，羨慕的看著辰染，和不斷掙扎、一臉崩潰的姚茜茜。

【快停下來嗷！辰染！我們先出去再說啊！】

姚茜茜的雙手在辰染的胸膛推拒著，辰染口腔裡的血腥味熏得她直想吐。

而且，他們在這個人類基地裡多停留一分，就多一分的危險。

不管是為她自己著想還是為他們著想，都應該先出去！

辰染把姚茜茜抬高，頭枕在她的胸上，柔軟的觸感讓他享受的蹭了蹭，然後像喝醉酒一樣，眼神迷濛。

姚茜茜拉著他的頭髮大吼，才堪堪吼回他的心智。

姚茜茜忍無可忍的拿自己的衣服當抹布，伸進辰染嘴裡幫他清理乾淨血淋淋的口腔。

辰染現在感覺全身暖洋洋的，好像浸泡在熱水中，而茜茜就在他懷裡，軟軟的，任他擺弄。這種感覺愜意極了，他很想永遠都這麼沉溺下去。

可是茜茜總在他耳邊亂吼吼，讓他不禁皺起了眉。

——不要吵了，茜茜，乖乖的待在我的懷裡。

辰染半垂著眼簾，把姚茜茜托到與自己平視的位置，低頭湊近，摸索上她的嘴角。他的嘴唇現在烏黑得簡直要滴下墨般，雖然柔軟，卻很冰冷——和他炙熱的身體正好相反。

他覺得全身的溫度都在上升，而嘴唇卻越來越冷。而茜茜的這裡卻溫溫軟軟的，呼出著一團團暖暖的熱氣。

——真是淘氣！

辰染瞇著眼，一口就含住了她，然後輾轉反側，津津有味的品嘗起來。

姚茜茜一僵，只覺得他的脣冰冰涼涼的貼過來，像吃香腸似的把她的嘴放進他嘴裡嘬。

他口腔裡，連牙齒都是微燙的。

陌生的親密接觸，讓毫無經驗的姚茜茜瞬間不知所措的推拒起來。雖然已經證明她不會被他傳染上病毒，但是……請矜持一點好嗎！不要一吃飽就想這些邪惡的事情！尤其她只是粗略清理了一下他的口腔，沒有清洗好嗎！

辰染一手托著她的臀，一手摟住她的腰，把她禁錮在懷裡，不讓她動彈分毫，並且不斷加深這個吻。

剛開始只是好奇，只是試探，只是輕嘬著她的脣瓣。可那讓人上癮的感覺，像一隻小手逗引著他，讓他越來越渴，越來越熱，像要燃燒起來，像是需要深入來滿足這份飢渴。

辰染小心的包裹起尖利的牙齒，伸出舌頭，微微探入姚茜茜的嘴裡。

姚茜茜本來被辰染吻得有些氣喘臉紅，尤其是冰冷與滾燙帶來的奇異感覺、溫柔的淺嘗輒止，讓她漸漸忘了掙扎，顫抖的閉起眼睛，就著辰染的步調沉溺其中，可他突然把舌頭伸進來，害她突然瞪大眼睛，嗚嗚小聲的掙扎起來。

那隻舌頭像條小蛇，靈活極了。一進來，先是呆滯了一下，然後四處探了探路，可沒一會工夫就熟能生巧，到處亂逛。

很快，辰染就發現了茜茜的舌頭也軟軟的。不由分說，便捲起來玩耍。

姚茜茜刺痛的呻吟，縮著舌頭躲開他霸道的糾纏。

可他怎麼會放過她？貼著就纏過去。

越躲越深入，越吻越用力。

【辰染，我害怕，快放開我……】姚茜茜覺得辰染的舌頭都伸到她喉嚨裡了。熾燙酥麻中帶著禁忌的快感，讓她陌生懼怕。

【茜茜，我好喜歡！好喜歡！】

姚茜茜生氣的拿牙齒輕咬了下他的舌頭，警告他馬上抽出去。

可辰染卻興奮的從喉嚨深處爆出低吼，狠狠的抱住姚茜茜的後腦勺，越來越加深這個吻。那感覺，簡直是要把她吞下去一樣。

【辰染大混蛋！】姚茜茜是真的要吐了。

稍微有點手段的人都會知道，這裡挑逗一下就得離開，因為人體工學告訴我們，總是刺激食道，不吐才怪！

她可沒重口味到邊吻邊吐這麼高難度的技巧。

辰染賴著不想走，卻感覺姚茜茜是真的急了。他戀戀不捨的又舔了舔，這才不情不願的抽出舌頭。

姚茜茜眼睛睜得大大的，看著那非人的長舌頭緩緩滑出來，立刻推開辰染，拄著他的胸膛，吐了起來。

【不要把舌頭伸得那麼深嗷嗷嗷！】她邊吐邊拉扯著辰染的頭髮，教訓道。

【好。】辰染伸手抱緊姚茜茜，不管不顧的往她身上亂蹭，還不忘問：【茜茜，吐完了嗎？】

姚茜茜推著辰染的頭，摸摸嘴角，因為根本沒吃什麼東西，只是乾嘔。她現在像極了一條離開水的魚，正在張著嘴努力呼吸。

好不容易緩過勁，姚茜茜無力的靠在辰染身上，喘著氣。

跟喪屍接吻，真是要命！這種無益於身心的活動，她一定要好好的禁止！姚茜茜發誓道。

【茜茜，我們繼續吧！】辰染看姚茜茜的臉色紅潤了起來，扳住她的身子，高興的說道。

——什麼！還來！

姚茜茜捂住辰染的嘴，扭著頭堅定的拒絕：【不要。】

辰染笑意彎彎，根本不顧姚茜茜的反對，拉開姚茜茜的手就壓住她猛親。

路易歪頭在一旁觀摩，一臉「找機會也試一試」的表情。

直到感覺到有人來了，兩屍一人才警醒，辰染抱起嚴重缺氧的姚茜茜，順著電梯原路出去。

經過海德里希身邊時，辰染腳步一頓，斜眼看他。血漬已經在他的睫毛上凝成了塊，他一動不動，胸部沒有起伏，好像已經死去了般。

辰染想了想，還是抱著姚茜茜，什麼都沒做的離開了。

他也不知道這是為什麼，其實他更想把海德里希一塊塊肢解，不管是因為他傷害了茜茜，還是算計他們。

或許辰染覺得，對著一具屍體這麼做，他沒有興趣；也或許是，看見海德里希孤獨的躺在那裡死去，就像看到了自己。

路易不遠不近的跟著他們，紅眸裡倒映著姚茜茜的一顰一笑。

第三章 ! 殭屍也會爭寵

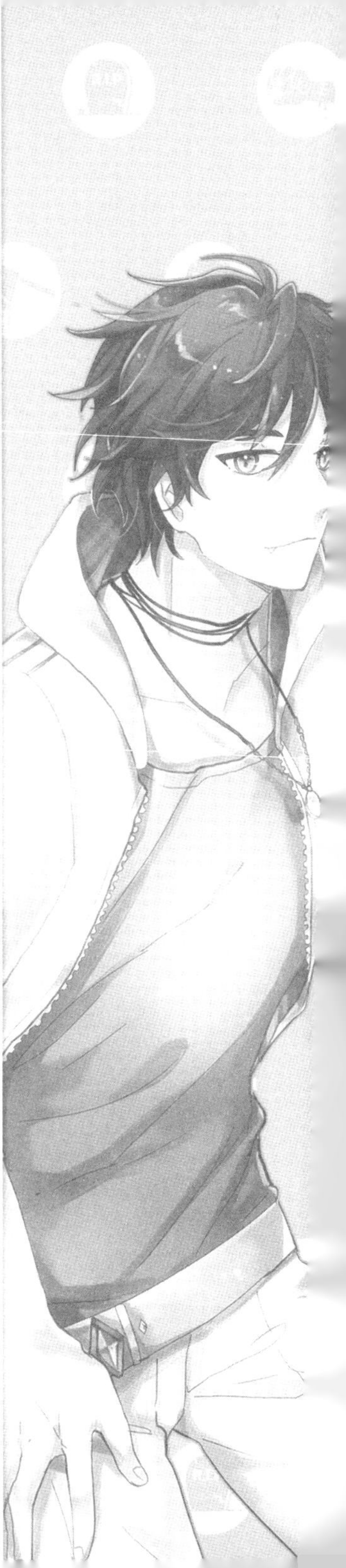

辰染抱著姚茜茜，一路暢通無阻，旁若無人的出了藍道夫要塞。

在人類最堅固的堡壘裡大鬧了一場，卻沒被人類報復，這很奇怪。

人類很聰明，有些時候甚至可以選擇同歸於盡，這些都是喪屍所不能及的。喪屍會本能的規避風險，就像實力弱的喪屍會害怕實力強的喪屍一樣。

人類一定不會放過來到他們領地裡的喪屍，並且有的是方法消滅喪屍。藍道夫可是軍事要塞，內裡沒有乾坤是不可能的。

但是人類卻沒有那麼做，而是眼睜睜的看著喪屍逃跑。

那就只有一種可能——人類中出了比對付眼前喪屍更要命的事情，讓他們無暇顧及。

比如，他們的領導人不見了。

再比如，找到的時候他已經重傷難癒。

軍人的忠心和對領導人的崇拜，讓他們在玉石俱焚和先救海德里希中，選擇了後者。

如果是人類，攻擊了敵方要塞，一定會消滅對方的有生力量，尤其是將領高官，必定將其屠戮殆盡，一人不剩，真正的滅掉對方。可是喪屍沒有那麼多思量考慮。

喪屍一般只有「今天吃了沒」這種想法，辰染倒是多一些，加上「茜茜是我的」，以及衍生出來的「人類真討厭」。

而路易則是「今天吃了沒」＋「如果茜茜是我的就好了」＋「辰染真討厭」。

總之，沒有喪屍會想：我們要消滅對方的有生力量，各個擊破，一統江湖，屍遍全球！

這就是人類和喪屍的差距，一個是多思量而猶豫不定，徒生煩惱和事端；另一個是因為簡單而專注，稀里糊塗。

反映到現實中就是——弱小的那隻總是喊打喊殺，強大的那隻卻只想著吃。

地球被這兩種生物占領真是個大悲劇。

★※☆※★※☆※★

【茜茜，餓不餓？】辰染突然問道。

這時候，他們正從一棵樹跳到另一棵樹上。

辰染的黑髮隨著動作向後翻飛，露出他俊美面癱的臉。姚茜茜在他懷裡，正好能從他的下巴往上看，雕塑一樣的鼻子、寬闊的額頭、好看的眼窩，就好像海德里希一樣美麗……

她現在一點也不吝惜稱讚海德里希的美貌，因為辰染和他長得一樣！

但是海德里希像雪夜裡孤芳自賞的白梅，而辰染則像深潭中的紅蓮。

白梅雖有風骨，卻自虐高傲；深潭雖靜，卻有一顆火熱的心。

所以，怎麼看，還是辰染更帥一點！

【好像有點……】姚茜茜摸摸肚子回答道：【我們先找個有食物的地方落腳吧。】

其實她應該有好幾天沒吃東西了，除了那碗沒吃幾口的粥之外，但卻不怎麼餓，可是不吃東西她會覺得很奇怪。她從那變態嘴裡得知那些實驗項目，沒想到自己竟然還有不同於常人的「能力」，雖然怎麼看都覺得是受虐體質。

但是她萬分肯定，在碰到辰染之前，她一定是個普通人，跟傭兵團逃亡的那段經歷就能看出來了……所以變化，應該是從遇到辰染之後開始的。

不過，什麼時候起的變化，她無從知道，最大的可能就是她和辰染每日的密切接觸，導致了她現在的身體狀況……

【順便再找點衣服。】

她對正穿著的實驗用小白服強烈不滿。雖然辰染沒對她毛手毛腳，對她空膛穿衣服也沒有什麼特殊表現，只是親她親了個半死，可保不齊什麼時候他突然有感覺了，那時怎麼辦？而且辰染的衣服也該換換了。姚茜茜向後望望遠處跟著的光溜溜的路易，嗯，還要幫他找件衣服穿。

不久後，姚茜茜換好衣服，抱著一堆食物，跟辰染一起找了棟別墅。

現在她可是徹底不怕那些喪屍了。她朝占據別墅的喪屍們狐假虎威的揮揮手，好像他們是被她趕出去的一樣——雖然事實是喪屍本能的害怕辰染。

把晚上要睡的床和被褥全部拿出來曬後，姚茜茜站在別墅門口，活動了下胳膊，朝躲在一旁的路易招招手。路易立刻眼睛一亮，瞬間出現在姚茜茜面前。姚茜茜只覺得前面一陣風，路易就突然給她來了個正面特寫。

因為姚茜茜站在臺階上，看路易那叫個一覽無遺。她臉紅的扭頭咳了咳，然後把搭在自己肩膀上的衣服遞給他。

她幫他找來了衣服，總是光溜溜的終歸不太好。

她很感激路易，在她最無助最危難的時候，他保護她、哄她開心。後來，為了幫她救辰染，還把胳膊給她當武器。

真是個好喪屍！不枉她讀了那麼多段的聖經給他聽！

經歷了海德里希的折磨後，姚茜茜有點看開了，她不再關心男女主角最後的命運了，也不去追求船票了，反正已經沒戲啦！她的一切已經和辰染緊密相連，再也無法進入人類社會了。

雖然沒了電腦和網路，可是大自然本身就很有趣，還有辰染……對了，還有路易，她一定不會無聊的！

「辰染，我們在這裡定居吧！」姚茜茜扭過頭，眼睛亮晶晶的對身後的辰染說。

「我原本就夢想有一棟別墅，有自己的花園，和喜歡的人一起住在裡面！」現在願望達成了。

「我們可以開墾一塊菜地，種上各個季節都能有收成的蔬菜水果，自給自足。辰染如果想去找食物，我們就當去旅行。等不找食物的時候，我們就在附近遊玩！可以游泳、划船、看風景。」

天啊，這就是她夢寐以求的生活！

「好。」辰染跟著姚茜茜笑了，好像被她的快樂感染了般。

辰染以前一直覺得姚茜茜強迫她自己做這做那，而現在，她好像突然不再負累那些東西了，變得開闊明亮起來。

早該如此，她心裡只要記著他一個就好。其他的事，都交給他。

姚茜茜踮著腳尖，去蹭辰染的額頭。

辰染就著她，低下頭。

他勾起嘴角，閉著眼想著，她每一個動作他都明白，每一個想法他都知道，她現在心裡只有他了，她已經被自己牢牢掌握在手中……

——我的茜茜，真正完完全全的屬於我。

辰染溫柔的扳起姚茜茜的臉，在她額頭上輕吻。

他也不知道為什麼他要這麼做，他的身體自動的就這麼做了。

——**以這個吻起誓，從今往後，只愛我，只要我，只想我**。

——**永遠忠誠於我**。

他的腦海中響起的是誰的聲音？

不管如何，這幾句話倒是很貼近他現在的想法。

姚茜茜在這一天晚上睡了個好覺，並夢到了父親和母親。在夢裡，她依然嬌氣懶散，手不能抬物，眼不識五穀，就像從未離開過一樣。

等第二天早晨，她一起來就看到辰染的臉。他正以非常嚇人的方式，不眨眼皮的，趴在她旁邊，直勾勾的盯著她。又是看了她一夜，在她睡覺的時候。

見她醒了，辰染立刻轉了轉金色的眼珠，伸出舌頭，就想要個早安吻。

其實，只要姚茜茜讓他偷襲成功，他可以一直這麼吻下去。

但姚茜茜阻止了他，還沒刷牙啊！

沒有任何自理能力的姚茜茜，發現自己竟然沒有留今天早上洗漱用的水。她只好推門出去，到附近的河流裡去取。

辰染是不會主動幫她做任何事的，一點也沒有人類的智慧。他大概認為她做的任何事都是在玩吧。

這麼一想，她索性把水桶扔給辰染拎。

一推門，她就看到臺階上躺著幾個草編的小動物，還有一束小小的花朵，整整齊齊的擺成一排，安靜的躺在那裡。花朵上的露珠還沒有退去，在溫和的日光下，反射著白色的亮點；小動物活靈活現的，有長耳朵兔子，有烏龜，還有一隻小狐狸。

姚茜茜驚喜的捂住嘴，半天說不出話來。她真是太喜歡這個晨起的禮物了！

她輕輕上前，小心翼翼的收起它們。

路易從別墅的一角探出身子，姚茜茜看到他後，趕緊揮手向他道謝。路易也學著姚茜茜的樣子，朝她揮手。

辰染上前一步，阻礙了他們兩個交流的視線，然後向路易掃去殺人的目光。

路易非常識時務的瞬間消失。

辰染想追去，結果了這個不順眼的傢伙！

姚茜茜拉住他，「我們還是快去打水吧。」

再低頭，卻發現水桶已經被辰染揉爛。

「……」

最後，姚茜茜拿著刷牙的杯子，和辰染一起去了河邊。

★※☆※★※☆※★

某天，姚茜茜正在自家別墅門口跟辰染你儂我儂，前方突然來了幾個穿著軍裝的不速之客。

他們開著一輛裝甲車，載著一堆奇怪的設備。途徑此地只為一個目的，他們的設備感應到附近有強大的喪屍。他們是專門為獵殺這種喪屍而組成的小隊。

看到這裡有人，他們好奇的停了下來，正想在姚茜茜他們這裡借宿一晚，並為他們帶來一個對姚茜茜和辰染不大好的消息……

★※☆※★※☆※★

海德里希猛的起身，緋色的眼眸像鋒利的刀一樣環視著周圍，雕刻精美的軟榻、巨大柔軟的床、充滿古典氣息的書櫃……這是他的臥室。藍道夫基地領導人的身分就是如此方便，輕易就還原了他故居的樣子。

長髮遮住他的半邊臉，他表情不明的看向落地窗前那個筆直修長的身影。

對方看到他醒來，艱難的轉身，拄著枴杖走來。

隨著他的動作，細微的喀喀聲從他體內傳起，好像發條生鏽般的聲音。

海德里希嗤的一笑，一臉嘲諷，抬手將頭髮撫到腦後，未著寸縷的緊實胸膛隨著他的動作微微顫動，上面鑲嵌的黑褐色小點受到氣流的變化微微凸起。小小的動作，他做起來是那麼的性感誘人。

喀嚓一聲，那修長的身影在他面前站定。

那個人表情冷峻，神情高傲，戴著黑色皮手套的雙手拄著枴杖，身子微顫，卻以驚人的意志力昂首挺胸的站立。

海德里希慢條斯理的披上白色軍裝外套，微仰著頭，懶洋洋的問道：「聽說你被一隻女喪屍重傷，還以為你死了。」

那道身影微微扯動沒有血色的嘴唇，「我怎麼會死在你前面。」

聲音沙啞平直。不看樣貌，還以為是機器人在說話。

海德里希聽完，手指抵著唇輕笑，笑夠了後，眼神銳利的看向對方，「你這也配叫活著？」

骨骼成鋼筋，電線為神經，血液凝固，心臟停止跳動，除了大腦還在勉力運轉，再無活人的跡象。唯一比喪屍好的地方，就是沒有失去理智。

然而，這卻比喪屍悲慘得多，因為要眼睜睜的看著自己的身體腐爛發臭。這樣，還不如在身體死去的那一刻結束生命。

「以我的方式。」那個人微微抬起下巴，語氣是難以名狀的高傲。

再破敗的身體也無法奪走他的信念，他的強大甚至戰勝了死亡和恐懼，超越了人類所能擁有的極限。

黑色貼身的軍裝將他襯得更加蒼白，機油和金屬的味道從他身上源源不斷的傳來。他穿著最正式的軍禮服，左胸戴滿了勛章，以執著驕傲的姿態，隨時提醒自己，他的過去、他所擁有的和要保護的事情。

海德里希一點都不隱藏他的輕蔑，大笑起來，然後牽扯到沒有長好的傷口上，變成了輕咳。

咳嗽間，海德里希問道：「你找我幹什麼？路德維希表弟。」

★※☆※★※☆※★

姚茜茜聽到裝甲車引擎發出的聲音時，那些人已經看到了他們。來不及躲藏，她只好讓辰染先偽裝成人類，和他一起站在門口，看著裝甲車路過。

可誰想到，那群人竟停下了車，想在他們這裡借宿。

喂，難道這群人就沒聽說過糖果屋的故事嗎？不知道不要隨便進入外表堂皇的荒郊豪宅？

姚茜茜搖頭，「不行，這裡是我們的地盤。請你們離開。」

對方隊伍裡一個高瘦的男子嘖了一聲，摘了手套，要給姚茜茜一點教訓。竟然敢拒絕他們？

他被隊伍裡唯一一個小女孩攔住。這個小女孩年紀不大，十三、四歲的樣子，黑色捲髮，皮膚雪白，嘴唇紅潤，一雙水靈靈的大眼睛裡卻有著不同她年齡的沉穩和成熟。

剛開始跟他們說話的混血帥哥則繼續說道：「只是借住一宿。會以等價的物資作為交換。」頓了頓，這位皮膚黝黑、有著拉丁血統的異國帥哥看了一眼小女孩，「我們用探測儀器，檢測出這附近有高級喪屍出沒。如果你們不想成為那些怪物的盤中餐，最好接受我們的條件。」

姚茜茜的臉像是便秘般，她是為他們好，留在這裡是想被辰染弄死呢，還是被路易弄死？

高瘦男子看姚茜茜猶豫不決，有些不耐煩，突然手掌朝上，火焰在上面凝聚成西瓜那麼大，朝他們拋去。

姚茜茜沒想到對方突然使用超自然的「能力」，根本沒有防備，只覺得面前一熱，一大團火球就逼向她！她本能的躲進辰染的懷裡。

小女孩朝那男子氣急敗壞的喊了一聲，想出手阻止他冒失的攻擊行為。

但還沒等小女孩出手，辰染像拍皮球一樣，一巴掌把火拍滅了，然後面無表情的看著這群食物，覺得他們真是越來越淘氣。

他摸摸姚茜茜的頭髮，告訴她危險已經解除。

姚茜茜生氣的看向這三個人，趕人道：「這裡沒有空餘的房間給隨便拿『能力』欺負人的傢伙，慢走不送！」

三人看到辰染輕輕鬆鬆就化解掉他們火焰的異能，頓時對他的身分產生了懷疑。

這次換小女孩和他們打招呼，小女孩很誠懇的、用嬌嬌嫩嫩的聲音向姚茜茜道了歉。

「大姐姐，我們不是有意要留在這裡的，而是這裡真的有可怕的喪屍在哦！比平常那種還要可怕！」小女孩拿雙臂畫了個大圓圈，「我們要留下來，保護你們！而且……」小女孩搓了搓衣角，乞求的抬眼，望向辰染，「我好累好睏，求求你讓我們留宿一晚吧！」

姚茜茜嘴角抽搐的看向這個小女孩，被她的話語激起了一地的雞皮疙瘩。這種感覺很奇怪，像一個怪阿姨披著維尼熊的皮在主持兒童節目似的。

「不行！」姚茜茜搓了搓手臂，堅定的拒絕。

估計他們所說的可怕喪屍，就是辰染。

也不知道是什麼時候，人類竟然組成了專門獵殺高級喪屍的小隊。其實高級喪屍是以喪屍為食的，根本不吃人類。

「大姐姐，這樣吧！妳讓我們住在這裡，我就給你們一人一顆能力結晶。這樣妳也可以擁有異能啦！」小女孩狀似天真無邪的拍手說道。

「不需要！快走吧。」姚茜茜擺擺手，像趕蒼蠅似的趕他們走。雖然她不知道能力結晶是什麼，但她也不感興趣。

「大姐姐，妳是不是不知道什麼叫結晶？它是可以讓普通人擁有強力的異能的東西哦！」小女孩耐心的對姚茜茜解說這方面的知識，「現在大家都在進行接種異能試劑或吞噬結晶哦！」

姚茜茜的眼睛睜大，「在人群中普及嗎？」人類終於找到了生存下去的辦法？說實話，她還真怕人類永遠這麼弱下去，然後被有能力、會使用現代化武器的喪屍所滅……

「是啊！異能試劑只要到倖存者基地就能領到。不過結晶就要自己打啦。」

「哦。」姚茜茜興趣缺缺，知道人類在普及更高端的進化她甚感欣慰後，繼續打發他們走。

「大姐姐，難道你們……」小女孩的目光在姚茜茜和辰染身上梭巡，「已經得到異能了？」

姚茜茜敷衍的點點頭，喪屍和喪屍的夥伴，也算是異能吧……

「那實在太好了！」小女孩興奮的看向混血帥哥和高瘦男子。

那兩個人眼裡也是難以名狀的興奮。

姚茜茜一看就覺得有問題！

「既然大姐姐不想收留我們，我們也不好勉強……」小女孩沮喪的垂著頭，「不過，我很喜歡大姐姐，送妳一個禮物吧！」小女孩重新亮起眼睛，就要去車上取東西。

【茜茜，留下他們。】辰染突然說道。

【咦？】

雖然她不知道辰染為什麼插手，她以為他不喜歡人類，可既然他說了，她就照做。

「等等，你們留下來吧。」姚茜茜叫住了小女孩。

小女孩臉色一沉，但馬上笑容燦爛的對姚茜茜說：「那謝謝大姐姐和大哥哥啦！」然後轉頭看向辰染，「是不是大哥哥向大姐姐求情啦？要不然大姐姐怎麼會突然改變主意？大哥哥你人真好！」小女孩對辰染豎起大拇指，一臉嬌憨。

辰染繼續冷豔高貴的發呆。

「大姐姐，你們等等，我們先把東西搬出來。」

小女孩朝辰染他們揮揮手，和另外兩個人從車裡搬出來一個儲物箱似的大箱子。這個箱子四處封閉，體積很大，足足占了半個車廂，需要兩、三個人才能抬得動。

辰染看到那箱子，身子微動了一下。

姚茜茜奇怪的看向辰染，辰染對她搖搖頭。

小女孩揮手，請求辰染幫他們搬。辰染破天荒的上前，和他們一起把箱子往屋裡搬。姚茜茜想跟著辰染一起過去，卻被小女孩挽住了手臂。

「大姐姐，讓大哥哥先忙，我還有禮物要送妳呢！」

姚茜茜想掙脫她，卻發現她的力氣大得驚人。

【辰染！】

【茜茜，不要跟來。】

辰染面無表情的和另外兩個男人進到屋裡。

姚茜茜雖然有些擔心這群蠻橫的陌生人，但是她更相信辰染，於是留在了外面。

小女孩從身後拿出一個筆記本大小的儲物箱，獻寶似的呈現在姚茜茜面前。姚茜茜看著那個深藍色的儲物箱，皺了皺眉。

「大姐姐～快點打開看看吧！」小女孩非比尋常的興奮道。

姚茜茜覺得這裡面一定有什麼不好的東西，從小女孩惡劣的笑容裡就能看出來，「謝謝。」她並不打算打開，說著就要拿過來。

小女孩拿著箱子，躲開了姚茜茜的手。

「我幫大姐姐打開吧！」小女孩一手捏緊姚茜茜，一手按了按鈕，打開儲物箱。裡面竟然是一顆嘴巴還在活動的喪屍人頭！

並且是沒有瞳孔的高級喪屍！

姚茜茜嚇了一跳，下意識的就要掙脫小女孩。

可小女孩緊緊的抓住姚茜茜，「大姐姐，快來變成喪屍吧！妳的結晶就是我的了～～」

姚茜茜掙扎著，突然感到手上刺痛，只見自己的手背莫名的出現一道齒痕。她再看向那隻喪屍，嘴巴正不斷的啃咬著什麼，而自己的手也跟著越來越痛，流出越來越多的血。

姚茜茜難以置信的看向小女孩。

她的手明明沒有接觸到那顆喪屍頭！

小女孩歪頭笑著，「這就是我的異能哦！可以穿透空間，不錯吧。現在妳的男人，大概已經被我的同伴幹掉了！」

「本來只想借住一晚，沒想到你們是異能者，真是意外的收穫。」

「乖乖變成喪屍，成為我們的異能吧～」

姚茜茜臉色便秘般的想：人類真是永遠不會忘記自相殘殺，恃強凌弱！

但是她也知道了很多訊息——人類得到進化，大規模普及了異能，並且開始有組織的捕殺高級喪屍。看這個小女孩的樣子，似乎是用自己的異能讓喪屍隔空咬到人，然後殺死屍變的異能者可以獲得什麼鬼結晶，而這個結晶能夠讓普通人獲得異能。

真是不幸的消息啊……

「妳看，這些喪屍的頭顱可值錢呢！可以向基地換高級的異能試劑哦！」

還沒等小女孩歪頭嬌笑完，下一秒她的頭卻突然像被砸碎的西瓜般變成了一堆馬賽克！

路易從天而降，一擊必殺的消滅了這個欺負姚茜茜的小女孩，並且他還不忘先護住姚茜茜，避免她沾上血點。

他只是出去獵個食，回來就看到姚茜茜被矮個子食物傷害，更加討厭正在房間裡對付另外兩個食物的辰染。

人類雖然單體作戰能力弱，可是團體合作卻很厲害。

即使辰染比他們強大很多倍，但是面對他們默契有序的攻擊，也很難秒殺脫身。

這群人中，智力高超且有空間能力的小女孩是最強的。但喪屍卻不這麼認為，他們完全憑著個頭大小來區分。所以辰染把姚茜茜留在那個小女孩身邊，是判斷她不如姚茜茜厲害。

可沒想到的是，這麼矮小的東西也比他的茜茜厲害……

一感知到姚茜茜受傷，辰染就想去救她，可是這兩個食物卻纏得他脫不了身。

路易這時候卻出現救了姚茜茜。

這是辰染第一次看他順眼。

可是，該死的！這傢伙竟然抱著他的茜茜不撒手了！

辰染眼睛一紅，狂化！

他兩下殺掉這兩個纏屍的東西，就移動到外面。

辰染：=皿=快放開我的茜茜！

路易：(#｀´)凸

姚茜茜上一秒還在掙脫小女孩，下一秒眼前一黑，鼻間聞到一股青草和泥土的氣味，然後聽到骨骼碎裂的聲音；沒隔幾秒，濃重的血腥味傳來，速度快得她都來不及思考，就本能的覺得那個小女孩OVER了。

她感覺手上的傷慢慢癒合，疼痛消失。

姚茜茜眼上的桎梏被放開，看到了正僵硬對她露出八顆牙齒的路易。

「路易……」

「謝謝你……」

現在連個十三、四歲的小女孩都比她力氣大了，這世界真沒法過……

姚茜茜從來沒有這麼嚴重的意識到，她可能已經趕不上人類的平均實力水準……

路易弄死小女孩後，並沒有離開，而是下巴架到姚茜茜的頭頂，把她摟在懷裡。

「茜茜。^-^」路易抱住她不撒手。

姚茜茜好笑的去扒路易的手，「快放開我啦！被辰染看到……」

話還沒說完，辰染已經飛身過來，猛撲向姚茜茜身後的路易。

辰染怒極，要把路易宰掉。

姚茜茜只覺得迎面一陣風，髮梢飛揚，踉蹌了幾步，差點被辰染掠過的氣勢帶倒。

等她轉身一看，兩隻喪屍已經打成了一團，又抓又咬又撓。沒幾秒，塵土飛揚，地上全是大型動物打滾過的痕跡。

姚茜茜捧臉看著他們，他們打架的樣子像兩隻小豹子在玩耍，不停的齜牙威懾對方，好像比誰嘴大、牙齒利似的，樣子可愛極了。

辰染：=皿=為什麼咬不死他？

路易：(#`´)凸抓不住，這是什麼情況？

普通招式不行，兩隻喪屍齊齊放大招——辰染變化右手，路易張開骨翼，接著又是一陣飛沙走石！

姚茜茜躲遠了點，覺得辰染和路易擺 POSE 的樣子實在太帥了。

不過，是不是得先處理一下那些屍體……

她看著前面一堆鮮紅的馬賽克，遠目。

姚茜茜不知道的是，辰染和路易是真心的想讓對方死，而不是打著玩，只是因為某種不明的原因，他們傷不到彼此而已。

辰染和路易在打架，而姚茜茜在思考，人類開始狩獵喪屍了，他們要趕快離開這裡才行。

要不怎說人類沒有天敵呢！因為只要有天敵出現，都會被人類有計畫的滅掉。

而且現在人類似乎有什麼可以偵測到喪屍的東西，這個可真要命，他們逃到哪裡都會被找到。她幾乎已經看到他們未來的生活狀態……不停的在這世界上漂泊、躲避各種追殺，直至人類滅絕，或者他們死亡。

——不過，只要有辰染在的話，一切都不成問題～

——對了，現在還多了個路易！

姚茜茜瞇眼，此時才發現別墅都快被他們兩個拆了，忍不住喊道：「你們兩個停手！」

「咳咳……」姚茜茜捂著嘴咳嗽，自己吃進去了一嘴土，而對方根本像沒聽見一樣。

但是她敢肯定，他們是聽到了卻不理會！

「辰染～」姚茜茜伸出手臂，改變策略——撒嬌。

辰染對峙的表情鬆動了一下，但是瞧著對面的路易一臉鳥樣，狠了狠心，不理會。看著他就來氣，敢碰他的茜茜，必須弄死……

姚茜茜一看，垮下了肩，這傢伙和路易還玩上癮了。

路易可不是傻子，從他用小東西討好姚茜茜這點就能看出來，他天生比辰染更會抓住姚茜茜這樣的女孩子的心。

一個間隙，路易紅眸裡邪光一閃，「咻」的一聲撲進姚茜茜準備好的懷裡，鑽了辰染的漏洞。

姚茜茜眼前一白，反射性的抱住面前的軀體，卻覺得這個胸膛十分陌生……僵硬又冰冷。

辰染真的憤怒了，茜茜是要抱他的！

路易一觸即離，占夠便宜就跑。

辰染上前，一把將姚茜茜抱進懷裡，對著路易逃跑的方向咆哮嘶吼。

姚茜茜先是前方一空，身子往前一撲，還沒等反應過來，就又跌入一個溫暖有力的懷抱，熟悉的氣味馬上充斥鼻間，然後劈頭蓋臉的被一頓亂舔。

辰染還檢查似的，到處聳著鼻子亂嗅，著重照顧了下姚茜茜的眼皮眼角。

「辰染……」姚茜茜緊閉著眼，嘆氣。

「茜茜，不怕。我弄死他。」辰染邊舔邊承諾。

「……其實路易挺好的，可以不弄死……」姚茜茜覺得他們更像在打架增進感情啊……

「不可以！」辰染斬釘截鐵的回答，更加緊緊的摟住姚茜茜，像怕被人搶走寶貝的小孩。

姚茜茜不再說什麼。她倒是不擔心他們兩屍，因為他們看上去都很有分寸，不會傷害到對方的樣子。（大誤）

「嗷——」

一聲得意的吼叫，打斷了辰染的口水禮。姚茜茜和辰染同時抬頭，看到路易一手各拎著一顆高級喪屍的頭顱，站在屋頂，甩著向辰染炫耀。

「你可真不吃虧……」姚茜茜好笑的朝路易說道。竟然分了辰染一杯羹。

辰染的臉瞬間猙獰。

辰染：=皿=碰茜茜，還搶我的食物！弄死你！

路易：(#`´)凸來咬我啊！

辰染要發瘋，姚茜茜及時拉住，提醒道：「趕緊吃掉剩下的。」

辰染想了想，覺得茜茜說得對，不甘心的狠狠瞪了一眼路易，去吃剩下的高級喪屍的頭。

要說路易和辰染還有一點不同，就是路易從來不當著姚茜茜的面進食。所以他拎著兩顆頭顱，揮別姚茜茜，找地方用餐去了。

其實吃掉頭顱，只是幾分鐘的事情，可是過程何等血腥噁心，姚茜茜是見識過的。

全是馬賽克！

這個會哄女孩開心、照顧女孩心情，在辰染這裡完全不吃虧的紅眼喪屍，絕對不簡單。

他……挺腹黑的嘛！

★※☆※★※☆※★

當姚茜茜三人歡樂的又打又鬧的時候，另一批異能者正訓練有素的埋伏在他們所住的別墅不遠處，正在狩獵一隻他們追蹤好久的高級喪屍。

他們是根據儀器，追蹤著一隻特殊的高級喪屍行蹤而找到這裡。

「儀器顯示就在附近。」

「小心他聯繫喪屍女王。小心儀器上顯示的其他高級喪屍，盡量避免碰到多個高級喪屍。」

「明白，先放下誘餌，他一定會上當的！」

「咦！你們快看！」清亮的男聲指著前方說道。

立刻有人拿起望遠鏡，卻看到不遠處別墅裡出現的詭異一幕——望遠鏡的圓形視野裡，看到辰染正抱著姚茜茜，和路易齜牙互罵。

五人神色凝重，互相在對方的眼神中看到了不可思議。

獵殺過這麼多喪屍，他們一眼就能認出那兩個男子是喪屍，可那個女孩……

她卻是人類！

他們相信自己絕不會看錯。

兩隻喪屍和一個人類女孩……多麼不可思議的組合！

五人立刻改變了計畫，放棄追蹤原來的目標，轉而捕捉現在的這兩隻。他們本來是奉命追捕喪屍女王的僕從喪屍。

喪屍女王多次控制屍群攻擊人類基地，而且她似乎不僅能控制低級喪屍，還能控制高級喪屍，有些時候喪屍女王還會派出幾個高級喪屍率領屍群，同時攻擊好幾個地點。也正因為她這種統馭喪屍的能力，才被人類稱為喪屍女王。

而此時，比起喪屍女王所控制的喪屍，能與人類相處的喪屍更引起他們的興趣。

其中一人提議，應該先把這個情況彙報給將軍。

最先發現異狀的少年勸阻道：「現在情況不明，如果貿然向將軍彙報，將軍親自前來怎麼辦？要知道現在將軍的身體……」少年頓了頓，「能成功，我們殺了那兩隻喪屍，把那個人類女子捕捉回來。不行，大不了同歸於盡！」

「是啊，將軍傷重未癒，我們不要再徒增他的工作了！」馬上有人附和。

提議彙報的人陷入了深思，最後還是放棄他自己的想法，「好，就聽影的！」

五人是被路德維希親自訓練出來的異能者，他們來自世界最頂尖的軍校，他們系出將門，家族多數在本國的軍派中稱霸一方。從小就在權謀與殘酷的訓練中成長，天災更加磨礪了他們的意志和技術。雖然他們年紀不大，但頭腦和作戰能力幾乎無人能及。可以說，不久的將來，他們會成為人類的中流砥柱。

還有一點值得說明，他們不僅腦袋聰明、實力超群、能力強，還很帥，各個拉出來都能迷倒一眾少女；放一起，走到哪都是一片尖叫。

五個天之驕子，迅速的謀劃出一整套作戰方案。

首先是分開兩隻喪屍。

他們一邊遠距離觀察姚茜茜三人，一邊應付路德維希的查問。

「是的，將軍，我們已經找到喪屍女王的僕從喪屍了。可惜被他逃掉，我們正在全力追蹤中。」

「好的，將軍，我們會注意安全。請您放心。」

「請代我們向海德里希將軍問好。」

通話結束，影吐了吐舌頭，「終於蒙混過去了！」

馬上有人勾住影的脖子，說他竟然敢騙將軍，以後有他好受的。

影理直氣壯的反駁道：「怕什麼？大家是從犯，要罰一起罰！」

其他人笑罵著。

有難同當，有罰同吃，少年們的友情像波光粼粼的湖面一樣，乾淨、清澈、明亮。

姚茜茜還不知道，已經有五個少年在暗處對她實行二十四小時監視了。

「哇哇哇！不會吧？那個喪屍竟然在吻她！」

五人齊齊在遠處發出「噁——」的聲音。

「這舌頭……小女孩口味好重……」

「她不怕變成喪屍……」

「或許，她就是喪屍？」

「不可能。你看她，一日三餐，五穀雜糧，而喪屍只吃血肉。」

說到這，五人交換了下眼神，他們碰到寶了——

她可能是第一個具有病毒抗體的人！

這更堅定了他們捕捉的信心。

在抓住這兩屍一人的生活規律後，他們的誘捕獵殺行動開始了。

他們發現這兩隻喪屍還會拈酸吃醋……

一隻總會在夜晚開始專心致志的裁刻些小東西，為此竟然還拿著一本動物畫冊，邊看邊模仿。他的手指粗大，指甲長且鋒利，有時候雕刻塑造得並不順利，還會自己把自己割傷，可是他根本不在乎，捏碎了東西就馬上再換一個接著做，他旁邊總是成堆成堆的失敗品。

直到黎明破曉，他小心翼翼的把做好的小動物——有時候是石雕，有時候是泥塑——擺到那個人類女孩早起必經的路上。

而這時候，另一隻喪屍也會離開人類女孩，在房子周圍四處搞破壞。

有時候，那些小雕刻沒有藏好，被他無差別的攻擊頃刻毀掉。

有時候沒有被他破壞掉，等人類女孩看到後，都會驚喜的看向做小雕刻的喪屍。這時，那隻喪屍會跳出來，朝人類女孩滿足的笑，還會在這時候挑釁另一隻喪屍。

顯然擁有人類女孩的喪屍，此刻就會氣急敗壞的想要把那些東西都扔掉。可是人類女孩一哭一躲，他就轉而朝那個喪屍發飆。

兩隻喪屍的戰鬥看著你死我活，卻都沒有實質的傷害到對方。

隨著監視的時間越長，他們對喪屍越來越不能理解。

他們彷彿看到了喪屍的另一面——和人類是那麼的相像，和心愛的人在一起，保護她、愛護她、討她歡心，簡單又專注。

並且他們也發現，這兩隻喪屍只吃高級喪屍，如果碰到有人類路過，更多的時候他們會選擇視而不見。

尤其是雕刻小動物的喪屍，更加明顯。他好像很不屑人類這種生物，彷彿連入他眼的資格都沒有。當然，除了他身邊的那個女孩。

他們不由得產生一種懷疑，到底現在大肆圍捕高級喪屍是不是一種資源和人員的浪費？與其和根本不在同一條食物鏈上的高級喪屍作對，還不如去修築城牆，防護那些低級喪屍，為更多的人提供避難之所。

這一刻，他們開始質疑將軍現在的決策。

他們一定要捕捉到這個女孩，利用她來改變現在環境的格局！

雖然他們有五個人，但是面對兩隻高級喪屍，他們還是無力招架。

他們利用夜晚，一隻喪屍會專心撲進雕塑藝術中這一點，決定留一人監視這隻藝術喪屍，其他四人去圍殺另一個。一旦藝術喪屍察覺，監視的一人就會馬上聯繫其他人，他們便能立即戰略性撤退。圍殺成功後，他們五人再回來消滅這一隻。

影被派去監視藝術喪屍。因為他最晚加入團隊，實力最弱。

他雖然有些不情願，卻也沒堅持反對，只是保證了下對講機的通暢，與其他四人擁抱告別。

★※☆※★※☆※★

姚茜茜這一宿睡得有些不安穩，還沒天亮她就睜開了眼，然後發現床邊的辰染不見了。

房間裡很暗，姚茜茜四處找了找，沒看到辰染的身影。

她打了個哈欠，她清楚辰染天亮之前總要到外面搜查一圈路易的小禮物。

姚茜茜躺回床上，拉上毯子，就想接著睡，可心裡卻沒來由的不安。坦露在被子外面的皮膚有些發麻，就好像有誰在暗處盯著她似的。

不由得，她呼喚起辰染。

【辰染……】

【茜茜！】

【辰染，你在哪裡？】

【在海邊！】

姚茜茜覺得很奇怪，辰染怎麼去了那麼遠的地方？

【辰染快回來，我一個人睡害怕……】

【茜茜，等等……我解決了他們，馬上回去。】

【！】

姚茜茜猛的坐起身，喪屍絕對不會用「們」來形容，辰染遭遇到人類了！而且是能困住他行動的人類，肯定是異能者！

姚茜茜搓著毯子，正不知如何是好的時候，一把槍突然不偏不倚的頂上了她的腦門。

第四章 ! 想綁架她？是找死嗎……

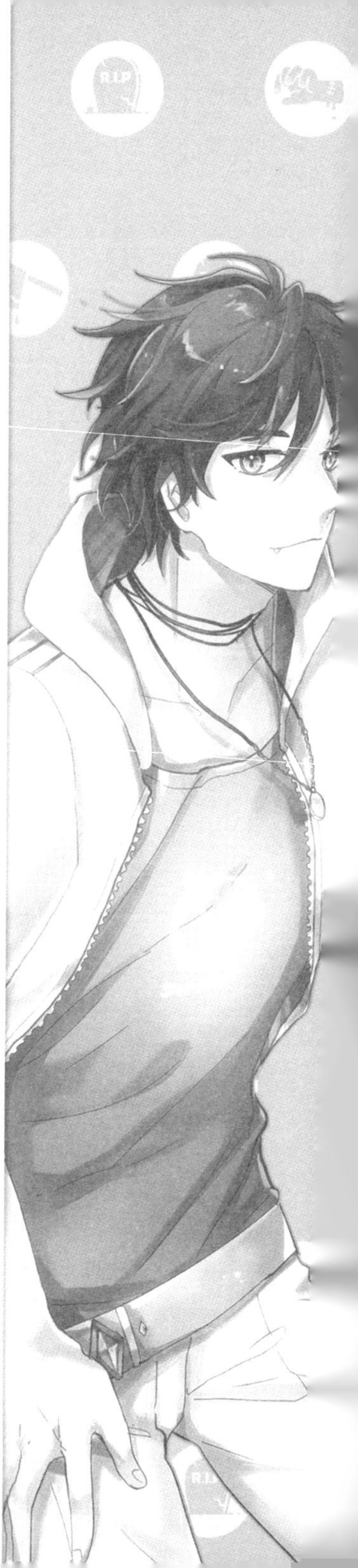

藉著窗外黎明的微光，姚茜茜只看到一道清瘦的黑影，影影綽綽的站立在她的床邊，一手拿槍頂著她的腦門，一手抓上了她腦後的頭髮。

「長得不怎麼樣嘛！喪屍到底是看上了妳什麼，對妳這麼死心塌地？」影嘖嘖的搖頭，手一使勁，拉抬起姚茜茜的下巴，湊近她，把槍改抵在她的下巴，「乖乖聽話，不要叫哦。如果招來喪屍，妳看看是他快，還是我的槍快。」

姚茜茜吃痛的抓著髮根，瞪著這個不速之客不說話。

從對方的言語中，姚茜茜發現他很瞭解他們。知道她和喪屍關係的人只有一個，就是海德里希，這讓姚茜茜有些恐懼，她以為他死掉了，畢竟受了那麼重的傷。

如果不是海德里希……姚茜茜覺得更恐懼。難道她和喪屍在一起的事，人類社會已經全知道了嗎？

這讓姚茜茜瞬間壓力山大。

其實姚茜茜想多了，對方只是透過細密的觀察得出了結論。

姚茜茜有些擔心，不清楚對方有多少人，到底是怎麼布局抓他們的……

她呼喚辰染，辰染沒有現身，八成是被跟他一夥的人暗算了。不知道路易那裡怎麼樣……

這個人拿槍威脅她，肯定是不想現在殺她，這讓她更擔心了……千萬別重蹈海德里希那裡的覆轍，對她進行各種實驗！

想到這裡，姚茜茜露出順從的表情，聽話的點了點頭。

影滿意姚茜茜的表現，勾著嘴角笑了笑，「這就乖了。」

他側頭看了一下窗外，笑容更加惡劣，喃喃自語道：「主角不登場，好戲怎麼開演？」

★※☆※★※☆※★

辰染那邊，陷入了消耗戰。

即使四個人圍攻，各守一個方向，彼此借力、彼此掩護，還是無法找到一個突破口，辰染的強悍超出了他們的想像。他們之前也碰到過厲害的喪屍，但是從來沒有一個像辰染這樣這麼像人類——他會躲避、會謀劃，會根據他們的攻擊來變化招式，從來不會上第二次當。

這使得他們陷入了被動僵持的狀態。

喪屍不會疲倦，但是人類會。如果比拚消耗，四個人早晚力竭，他們必須想辦法打破現在的局面。

四人交換了下眼神，都從對方眼裡看到了堅定和無畏。

喪屍和人類還有一點不同，就是人類會為了信念自我犧牲……

而路易，此時正在專心致志的雕刻小禮物，雖然他感知到辰染那裡的戰鬥，卻沒有任何參加的興趣。他對那些食物無愛，但是如果他們能幹掉辰染這個大燈泡，他就決定在食譜裡添上這些可憐的小生物……來顯示他對他們的喜愛……

四人打算犧牲一人，動用自己的全部異能，給予辰染重創。

所有的絕招幾乎都是雙刃劍，傷敵一萬、自損八千，基本上如果成功了，那個人不死也廢。可比起四人都犧牲掉，犧牲一人終歸還是划算的。

但是，四人顯然在人選上進行了激烈的競爭，都覺得應該自己去死，說對方不是有老母、戀人，就是實力不足，或者自己這方面很有使用心得之類。

有人終於發現，邊對敵邊爭著去死是十分不明智的事情，遂讓其他三人不要爭，讓他去死，還給了大家一個合理的解釋——因為他是隊長。所謂能者多勞，當然所有的重擔都由他挑。

辰染看著這些人類暗地裡的互動就有些煩悶，心想他們也不用爭著去死，反正他早晚會弄死他們，按順序排隊就好。

然後四人之中的那個隊長上了。

就像所有的絕招那樣，都需要準備時間。隊長躲到一邊憋勁憋大招。

剩下的三人開始對辰染進行攻擊，分散他的注意力，掩護犧牲者。他們隨意辱罵，從辰染的人格鄙視到他的精神狀態，甚至還對他的外貌挑挑揀揀，不時把他比喻成其他的生物。

辰染只覺得很煩……

姚茜茜在他耳邊說話，那叫情趣；這群食物在他耳邊不停的叨叨，那是噪音。

他還是按著他內心的想法，打算先弄死一旁積攢怒氣值的那個食物。

可是對方不幹啊，口不擇言，從辰染罵到了姚茜茜，大抵也是從對不起人類、對不起世界人民，說到矮矬窮、軟笨弱。

辰染怒了！

雖然覺得他們說的有部分他聽不懂，有部分非常貼切，但那也只能是他說。

他說那叫歡喜，別人說就叫該死。

可是對方不明白辰染的想法，只看到他對那個女孩有反應，就接著各種罵。罵到最後，辰染已經完全不明白他們的詞語內涵了。

管他呢，辰染很快放棄了弄清楚那些詞語的意思，敢說他的茜茜就是得死！

辰染眯眼望了望遠處的隊長，決定學他們的樣子，從精神上打擊。

他故意跟那兩人纏鬥，就等著隊長憋大招快憋成的時候，他也用個大招遠程投擲了一下——不一下子弄死對方，只是打斷對方的技能。

這就跟玩遊戲群攻一樣，好不容易自己在隊友的掩護下發大招陰對方，沒想到快讀條完畢的時候，被對方早就有準備的打斷！功敗垂成，比失敗還難受。

而且這不是遊戲，是要豁出性命的搏殺。

好比一個應該放出的屁，卻被一堵，內部消化了，那它就只能在自己體內翻滾打響了。

所以，隊長光榮的被自己的技能反噬，當場連吐三口血，趴到地上，抽搐起來。

掩護的三人對隊長用淚水表示了下關心，然後集中精力的、氣憤至極的譴責辰染，質問他怎麼能這麼壞。

辰染用更猛烈的攻擊回答他們。

他們也只好斂住心神，專心迎戰。失去了隊長，他們就更艱難了。

戰局很快向辰染這邊傾斜，弄死他們只是時間問題。

可影的到來，卻為他們贏來了一個契機。

還沒等影挾持著姚茜茜現身，辰染就感覺到姚茜茜的氣息。

雖然他是很想讓茜茜欣賞他強大的戰鬥能力，可是這裡很危險，被流彈傷到就不好了。他聯繫姚茜茜，讓她離開。

姚茜茜一直不敢聯繫辰染，就是怕他分心，一聽他主動聯繫自己，趕緊報告她現在的狀況。

【辰染……我被挾持了。】

【挾持？】辰染發現自己今天接收了很多新詞。

【呃……你馬上就知道啦！千萬別著急，看樣子他們並不想殺我。等一會不管他們說什麼，

你都不要停止攻擊啊！】

【而且我受了傷，會馬上好。不用擔心我……】

【千萬不要分心，弄死他們再說！】

姚茜茜邊囑咐著，邊被影拎了出來。她的脖子上還架著影用影子做的一把黑色鐮刀。影高喊，要辰染放棄抵抗，否則就割下姚茜茜的腦袋。

用人類的思維去算計喪屍，是影唯一失敗的地方。他以為以辰染稀罕姚茜茜的程度，辰染一定會乖乖停手，等著被宰。

而在辰染眼裡，就是必須搶在對方下手之前，弄死對方。

所以，辰染根本沒有停手的準備，而是力量全開，想儘快殺掉纏著他救姚茜茜的三人，並且向影放遠程殺招。

可是，因為影的異能是「陰影」，他可以利用影子來遮罩掉遠程攻擊。

在辰染心中，只要能達到目的，手段並不重要。他看一擊不成，弄清楚對方可以免疫遠程攻擊，立刻割下自己的手，直接扔了過去。

——敢碰我的茜茜，弄死你！

指揮殘肢，這可是他進化來的能力之一。要不然怎麼說辰染是個戰鬥天才？他對自己狠，對敵人更狠！

直搗黃龍，眼看影即將被辰染的爪子爆頭——

影後退一步，突然變化成一個黑色漩渦，消失不見！

姚茜茜脫離了影的控制，趕緊抱起辰染的手，果斷跑遠。她可不想成為辰染的累贅。

可是真正的影卻又突然出現，一把抓住姚茜茜的後領，把她甩進了包圍辰染的戰圈裡。

在暗處觀察了半天的影，發現辰染的思考模式並不能用常理來推斷。

「影，你幹什麼！」有人大叫，慌忙撤掉技能，擔心會傷害到姚茜茜。

「喂，你們沒有發現嗎？只要不真正傷到那個人類女孩，那隻喪屍就會優先攻擊我們。」

影做示範似的向姚茜茜襲去，果然辰染會護住她，徒手接住他的攻擊。剩下的幾人互相看了一眼，咬咬牙，也不君子了，所有的技能都往姚茜茜身上招呼。

無法全部抵擋，辰染毫不猶豫的以身相護。他怎麼可能讓茜茜在自己的保護下，還受到一點傷害。於是幾個回合下來，辰染渾身浴血，而姚茜茜除了狼狽點，卻毫髮無傷。

姚茜茜淚汪汪的看著從辰染下巴滴落下來的血，有幾次攻擊甚至傷到了他的頭。也就是因為他皮糙肉厚，才沒有被打穿打透。

姚茜茜覺得他們真是卑鄙極了，可除了罵上他們幾句，自己卻絲毫幫不上忙，只能成為辰染的累贅，眼睜睜的看辰染流血受傷……

「辰染……」姚茜茜恨不得現在死掉，也好過被這群人利用，成為對付辰染的利器。

【茜茜不怕。】辰染像原來一樣，安撫她似的勾勾嘴角。這幾乎是他在面對姚茜茜害怕時的下意識動作。

姚茜茜心痛得再也流不出眼淚。

緊緊攥住辰染染血的襯衫，她必須做點什麼，哪怕是立刻死掉，也要讓辰染弄死這些人！

影看時機差不多了，和剩下的三人交換了下眼色，四個人齊齊使用大招，朝向姚茜茜，意在殺死辰染。

姚茜茜看他們四個人眉來眼去，就知道他們在醞釀什麼壞事。看到他們使用比剛才還要尖利龐大的具象能量，她立刻明白他們是想徹底殺死辰染。

她毫不猶豫的擋在辰染前面，雙手平伸——她覺得這是她唯一能為辰染做的。

可辰染卻更快的彎腰把她摟住，甘願背對著這些攻擊，也不要她受傷。

姚茜茜覺得自己的腦子都要炸開了，這一刻比死還要絕望。

【路易——】

生命危急的時刻，她突然想起還有那個溫柔喪屍的存在，下意識的就向他呼救。

【救救辰染！】

不可思議的事情發生了——

本來還在製作禮物的路易突然出現在他們之間！

看著迎面而來的熱浪，路易猛的張開骨翼，打散了這團能量！一下子就化解了眼前的危機。

路易默默的看了看被自己無意間捏碎的作品，瞅瞅姚茜茜，再看看那群朝他亂扔東西的食物。他抬頭望天，太陽初升，他今天的禮物卻沒有了！

一想到今天看不見茜茜對他笑，他就對著那群人嘯叫一聲，決定遷怒。

路易張著骨翼撲了上去。

戳戳戳！

辰染金色眼睛微微一瞇，果斷的放開姚茜茜，加入戰局。

撕撕撕！

路易：討厭的食物！竟敢弄壞我送茜茜的禮物！捏死你們！

辰染：可惡的人類！竟敢傷害我的茜茜！弄死你們！

於是，情況變成了單方面屠殺……

未來之星們，或被撕爛成幾塊，或被戳成了馬蜂窩。只有影，利用異能藏進了陰影裡，重傷逃脫。

★※☆※★※☆※★

一場血戰結束，路易和辰染邀功的尾巴一搖，齊齊側身，同時扭頭看向姚茜茜。

太陽的光芒開始照耀大地，他們佝僂高大的身軀迎著陽光，側面被拉出淡淡的影子。路易的骨翼尖上還有血滴落；辰染衣衫襤褸，上面暈染著大片暗紅的血色。

「茜茜！」

「茜茜！」

赤金和深紅的眼睛柔和起來，再不復剛才的血腥殺戮。

姚茜茜高興得不知道怎麼辦才好，看著他們，只有不停的感謝上帝。

辰染張開雙臂，姚茜茜露出一個大大的笑容，撲進了他的懷裡，緊緊的抱住他。

但她突然想起什麼似的，趕緊起身查看他的傷口，發現那些見骨的傷已經癒合得只剩下一條粉紅色的細縫。她高興的看看辰染，再次把頭埋進他的懷裡。

他的懷抱濕冷，帶著濃重的血腥味，嗆得她鼻尖刺癢，可她實在不願意離開。

幸虧路易來了，要不然她的辰染……

想到這裡，姚茜茜從辰染懷裡抬起頭，感激的對著路易笑，邊笑邊道謝。

本來一臉怨婦狀的路易，看到姚茜茜對他笑，立刻咧嘴。

辰染垂了嘴角，迅速捏住姚茜茜的下巴，擺正她的臉，接著把她摟在懷裡。

【不要對他笑！早晚弄死他！】

【辰染……】姚茜茜無語，辰染真是過河拆橋的典範……

路易蹲伏在一旁，惱怒的朝辰染齜牙。

【早晚弄死你！】路易反駁。

姚茜茜覺得她有必要教導一下這兩隻喪屍，大家是綁在一條繩上的螞蚱，如果海德里希還活著，他們就要做好大逃亡的準備。

【不要動不動就弄死對方，辰染，路易！我們現在要合作、要互助。就像今天一樣，一人有了困難，大家一起上。】姚茜茜握了握拳頭，【團結就是力量！】

【就好比那些人，他們誰單獨出來都沒有你們倆厲害，可是他們在一起，互相取長補短，耍陰謀詭計，就能圍困住我們！】

辰染和路易從來不認為他們有合作互助過，不知道姚茜茜的這種錯覺從何而來。

在辰染看來，茜茜是他的，其他喪屍不是大補丸就是敵人，敵人也是大補丸，所以其他人全部是大補丸。而且路易大補丸沒事總在茜茜身邊閒晃，簡直是對他的肆意挑釁。如果不是傷不到路易，他早背著茜茜弄死他了。

而路易覺得辰染就是自己擁有茜茜路上的一塊擋路石，雖然強了點，但也只是強了點的擋路石，是他早晚要掃清的障礙。他巴不得辰染早點死掉，這樣他就可以吃掉辰染，並且擁有茜茜。

他只要一想到這種美好的事情，紅眸就放光。如果不是他不知什麼原因的來到這裡，迎面就是那團能量攻擊，他才不會好心的幫辰染擋。

他一定得找機會捏死辰染！

姚茜茜等了半晌，發現冷場，兩隻喪屍不予應和。看著他們兩個，完全一副爭搶同一塊蛋糕的模樣，互相瞪著，說不定什麼時候就開打……她無奈的嘆氣。

姚茜茜從辰染的懷裡出來，轉身看向路易。

【不管怎麼說，謝謝路易救了我們，這份恩情我一定要回報！】如果沒有路易，她一定會生不如死。

路易紅眸一亮，立刻挾恩圖報：【那就讓我抱抱！】

辰染怒，從姚茜茜身後重重的把她摟進懷裡，朝路易低吼。

路易蹲伏下身子，也蓄勢待發的回應。

【……路易，這個得換一個……】姚茜茜掰著辰染的手指，他有點用力，被他環著的肚子都有點疼了，【辰染會不喜歡……】她可不想讓路易誤會，讓辰染生氣。她已經有辰染啦，曖昧什麼的最要不得了，雖然她無法拒絕路易那些精緻的小禮物……

辰染朝路易勝利一笑，拿臉蹭了蹭姚茜茜，以示獎勵。

路易耷拉了嘴角，哀怨的看了姚茜茜一眼，背過身去，不再理他們。

姚茜茜瞬間內疚，彌補的說道：【那、那路易可以來當我們的家人啊！】頓了頓，她覺得這真是個好主意，以後他們兩個就可以名正言順的互相幫助了！

路易懶懶的回頭瞥了姚茜茜一眼，興致缺缺。

姚茜茜頓時覺得自己自作多情了。可她還是再接再厲的說道：【家人很好啊！家人就意味著我們沒有人會被拋棄或者遺忘。永遠在一起！】

路易立刻挺直了腰，轉過身，他完全被「永遠在一起」這句話吸引了。

【永遠在一起？】他不確定的重複。

【是啊，家人會永遠在一起，不離不棄。就好比如果路易不小心走丟了，不知道回家的路，我和辰染就會去找你，直至找到你為止。而路易你只要在原地等待就好。】

路易微瞇了紅眸，為心裡浮現出的那副景象陶醉。他會和茜茜永遠在一起，並且，如果出現任何阻礙他們在一起的事情，茜茜也會努力的攻克。

【好，要當家人！】路易點頭同意。

【哈哈，太好了！】姚茜茜高興極了。忽然她想起什麼，又對辰染補充道：【當然，如果辰染走丟了，我和路易也會去找辰染！】

【好。】辰染伸出舌頭舔了舔姚茜茜的嘴唇。

「不過，只要茜茜一個人來找就可以了。」兩屍異口同聲的補充道。

姚茜茜大汗……看來如果想讓他們兩個和平相處，還有一段路要走。不過，能讓他們化解掉生死對立的關係，她還是很高興的。

路易立刻要行使他家人的權利，說道：【茜茜，那現在就幹掉辰染吧！】

【啊？】姚茜茜腦筋有點轉不過彎了，怎麼突然情況急轉直下？兩屍的仇恨沒有化解嗎？

【他阻礙我們在一起了！】路易指責道。你瞧瞧，又摟又抱，又親又舔。他也想要！路易嫉妒得就差咬手絹了。

【他也是家人，家人之間不可以內鬥！路易成了家人，就不可以再想著殺辰染的事情。辰染也是！】姚茜茜急急的補充道。

【那還是不要當了。】路易立刻反悔。

【不要當了。】辰染這次也應和道。

他們早晚要弄死對方，不能讓茜茜誤會了他們的關係。

【……】姚茜茜捏拳，氣道：【喂，說話要算數啊！】

【那是什麼，能吃嗎？】路易不屑一顧的說著，隨即大張骨翼，抖了抖上面的血，然後用骨翼尖擦了擦自己的鼻子。

【還是說說茜茜怎麼回報我吧？】路易可從來不吃虧的。

姚茜茜默默無語的看著蹲伏在地上的路易，怎麼突然覺得他的樣子有點像無賴呢……

路易拿紅眸瞥著姚茜茜，一臉惡霸般的表情，等著她的答案。

姚茜茜艱難的思考起來。想來想去，才發現她一無所有，自己所有的一切都是辰染給的。她要拿什麼回報路易，還真是個難題。

【這樣吧，我唱首歌給你聽！】姚茜茜突然想到之前耿貝貝唱歌驚豔全場，瞬間治癒傷患的場景。她覺得歌聲還是很有魅力的。

路易皺眉思考了下，【茜茜有為那個傢伙唱過歌嗎？】

【好像沒有。】姚茜茜直覺認為路易說的是辰染。

【好！】路易立刻紅眸放光的同意了。

辰染一聽就不幹了，【不能唱歌，茜茜！】

姚茜茜趕緊安慰辰染，轉了轉眼珠，用心靈對話說道：【嗷，辰染就當我唱給你聽的啊～】

【茜茜唱給我聽。】辰染勉強同意。

【不行！】路易反駁。

【啊？】姚茜茜奇怪的看向路易，她剛才明明用心靈對話，怎麼路易聽到了？

【茜茜壞！】路易站直了身子，高大的身影籠罩了姚茜茜，而他的骨翼尖抖著指向姚茜茜的鼻子。

——怎麼會這樣！到底什麼情況！

後知後覺的姚茜茜緊貼進辰染懷裡，緊張的看向辰染。

辰染瞇眼，高深莫測的回視姚茜茜。在路易面前，他才不會說他也不知道！

【路易，你現在聽得到我說話嗎？】姚茜茜測試般的在心裡想想。

【聽得到！】路易誠實的回答。

——臥槽！

姚茜茜黑了臉，路易竟然不知原因的也能窺視她的想法了？她現在在兩個喪屍面前裸奔了？

——ORZ天理何在啊！

路易對「裸奔」這個詞產生了好奇，在姚茜茜思想裡遊蕩了下，馬上興奮的說道：【裸奔裸奔，茜茜裸奔給我看！】

【不行！】姚茜茜還沒從這極富衝擊力的消息下恢復過來，【只有唱歌。】

辰染伸舌頭舔了姚茜茜的下巴一下，反正是唱給他聽，唱就唱吧。

路易不高興的收了骨翼，勉強點點頭。

姚茜茜有些神遊的想了想自己最拿手的歌，除了國歌，就是高中團體合唱的曲子了。清了清嗓子，她盡己所能的用最柔和、最夢幻的聲音唱了起來。

辰染和路易兩屍呆立，沉默的看著姚茜茜……

辰染得意的拿嘴碰了碰姚茜茜的臉蛋：真是我的好茜茜，原來是想報復路易啊！

路易伸出骨翼擋住頭，萬分後悔答應了茜茜這個回報條件。

【茜茜，不要唱了。】路易實在忍不住阻止道。

姚茜茜閉嘴，有些生氣的看著路易一臉忍耐、把耳朵藏進骨翼裡的樣子。

她唱的就這麼難聽嗎？

【哼，不唱就不唱，我可是回報你了。】姚茜茜覺得自己被侮辱了，別的歌她不敢說，這首歌她可是練了好久的！

路易覺得自己吃了大虧，這怎麼行！

【這個不算！】茜茜唱歌簡直是在折磨他的感官，以後一定要避免發生！

姚茜茜氣哼哼的扭頭，不再看路易。

路易紅眸閃了閃，茜茜生氣了，他必須挽回！

【茜茜把它送我。】路易不知道從哪掏出一個金懷錶，一按鈕釦，彈出了裡面的照片。竟然是很久以前姚茜茜和辰染照大頭貼的那張，只是照片裡辰染那邊被劃爛了。

【……】姚茜茜記得自己被海德里希抓去的時候，被扒光了，身上的東西全都不見，沒想到被路易找回來了。看到這個金懷錶，就想起那時候自己的心情和目標，而現在，物是人非。她看著它，不由得感慨萬千……

她來到這個世界，遇到了不少人，卻沒有一個人值得她回憶紀念。耿貝貝也好，凱撒也罷，還有堅強的南娜、老好人蓋斯、路德維希將軍、折磨她的變態海德里希，都是匆匆的出現，匆匆的消失，彷彿是她生命中的過客。姚茜茜覺得自己混得挺慘，到這裡這麼久，連一個普通朋友都沒交上。

沒有朋友、沒有親人、沒有生存能力，如果沒有辰染，她早死得透透的了。

她的辰染，即使自己受傷，也不讓她受到傷害。可以和他在一起，姚茜茜又覺得自己是最幸運的。

現在還多了個路易。

她突然靈光一閃，【要不然我們三人去拍一張吧！】

路易歪頭，不理解茜茜的意思。

辰染不置可否，他對於茜茜玩耍的舉動，多是縱容。

當然前提是，那個傢伙不要在他眼前晃來晃去！

於是，姚茜茜帶著邊走邊向對方放冷箭的兩隻喪屍，找地方照相。

她拉著辰染進了大頭貼機，又朝路易招手。路易很歡喜，可是辰染亮著爪子，意圖很明顯，敢靠近就宰了。

路易臨危不懼的果斷鑽進來，姚茜茜看準時機，喀嚓一聲，留下了三人的身影。

還沒等照片洗出來，兩隻喪屍已經翻滾成一團。

姚茜茜拿出照片，背景是兩隻喪屍互相飆牙齒爪子威脅對方，前面是她一臉眼疾手快，總之誰都沒有對著鏡頭擺 POSE，她安慰自己：貴在真實……

將大頭貼貼進新找來的小項墜裡，替辰染和自己戴上。而扔給路易的小項墜，被路易甩來甩去，姚茜茜擔心他不會戴，一直為他做示範，並拿著辰染胸前的展示給他看。

【像辰染一樣……】

路易瞇眼，鄙視的看著辰染，他才不要和辰染一樣。

想了想，他把項墜鍊子套在手腕上，纏了幾圈，還不忘示威的朝辰染炫耀炫耀。

辰染無視，打開胸前的項墜，看著姚茜茜的影像，忍不住嘴角上揚；又瞥到路易，立刻拿指甲把他那塊刮沒了。然後他抱起姚茜茜，回別墅。

路易不甘示弱的也刮掉辰染的影像，展開骨翼，尾隨他們一起回去。

★※☆※★※☆※★

姚茜茜認為他們不能再待在別墅了，偷襲他們的異能者之中有一人逃走，肯定會回去報信，一旦海德里希知道他們在這裡，遲早要尋上門，他們要快些離開才是。

所以姚茜茜一回到別墅就趕緊打包行李，準備跑路。

可是往哪邊走，她卻沒有主意。

天大地大，可往哪裡走，都好像逃脫不了被人狙擊的命運啊……尤其人類也進化了，還以狩獵高級喪屍為己任的這種情況下……

去某個不知名的小島？

問題是她根本沒有野外生存經驗……去小島會活活餓死自己……

還沒等姚茜茜拄腮思考出個結果，就聽到別墅外面傳來引擎的聲音。她從窗戶裡往外看，一隊裝甲車快速駛來，他們頭頂上還有一架直升機。

為五人報仇的先鋒，已然到了。

同時，路易在姚茜茜的房間裡現身，蹲伏在她和辰染不遠處，擔心的看向姚茜茜。

姚茜茜炸毛，也顧不得手裡的東西了，【我們快走！】

辰染一把抱起姚茜茜，從窗戶飛身出去；路易張開骨翼，盤旋在他們兩個的頭頂。

後方的車隊和直升機幾乎第一時間就發現他們，交火就開始了。不僅是現代化的炮火武器，還有異能者的攻擊。

路易回頭，很不順眼的瞥向那個和他一樣能飛的東西，他認為天空是他的領地，對於在他領地挑釁他的東西，必須消滅。於是，他直接撲到直升機窗戶上，拿爪子暴力破除。

直升機裡面的人只來得及看見一個金髮紅眼、張著骨翼的喪屍，猙獰的貼在玻璃上瞪了他們一眼，然後就是碎片四濺，飛行員被直接甩出窗外，直升機搖搖晃晃，直接撞到了前方的建築物上，爆炸墜毀。

路易停在半空中，居高臨下的看著冒著黑煙的飛機殘骸，一甩骨翼，得意的去追姚茜茜。

陸地上的部隊比起空中的，咬得更死。各種重型炮彈槍械，不要錢似的猛丟。

辰染背後卻像長了眼睛一樣，躲起來游刃有餘，而且身姿優美得好像在跳舞。

姚茜茜被炮彈的爆炸聲和氣流追擊得屢屢閉眼，頭埋在辰染懷裡，感覺他的頭髮隨著氣流在她臉上拂過，微微有些刺癢。

跑了將近一個小時，姚茜茜都有點昏昏欲睡了，後面的追兵不減反增。那群人得對他們有多少深仇大恨，才能如此鍥而不捨的追殺啊？

辰染和路易一下一上，邊躲避邊前進。他們早對後面的那群人類厭煩了，可那群人類的追擊能力很強，不管他們怎麼加快速度、變化方向，人類總是能追上來，就好像那群人類隨時都可以鎖定他們似的。

辰染乾脆往大城市跑，那群人類坐的鐵匣子到了擠滿鐵匣子的地方，看他們還怎麼坐！

對方的開車技術很好，在擁堵的城市路面上依然左拐右拐，緊追不捨。就算有無法穿過的障礙，他們也能很快的從別處找到出口，再度追上來。

而且他們的攻擊越來越猛烈。顯然，消耗戰對人類追兵不利，所以他們打算速戰速決。

辰染在樓宇間穿梭，突然他和路易幾乎同時身子一頓，腳下就遲疑了幾分。

【辰染？】姚茜茜擔心的問。

辰染瞥了路易一眼，路易也看向他。兩屍心知肚明，他們闖入了另一個強大喪屍的領地。雖然嘴裡的口水迅速分泌，可現在他們兩個都不想和那隻喪屍對戰。

——不如……把這群人類交給對方處理。

【茜茜不怕，馬上甩掉他們。】辰染安慰的緊了緊懷抱。

路易在旁重複著「茜茜不怕」這句，換來辰染的瞪視。

路易回瞪。

這個領地的喪屍也感應到他們倆，沒等一會，就在他們兩個的面前現身。

姚茜茜看著眼前突然出現的金髮美女喪屍，驚訝的捂嘴——這不是那個用屍潮襲擊白珍珠將軍基地的女喪屍嗎！

她身上的衣服已經殘破不堪，美麗的胴體顯露出來。

姚茜茜第一個反應就是去捂自己的眼睛，後來想想不對，應該捂辰染的。她從指縫看出去，只見女喪屍雙眼下面有閃耀的紋身浮現，不一會就有大群大群的喪屍圍住了那些追兵，並且還有幾隻高級喪屍在屍群的掩護下襲擊他們！

看來，比起高級喪屍，這個女喪屍更討厭人類些……

辰染和路易從她身邊掠過，姚茜茜離近了才發現，她的眼角在若隱若現的紋身覆蓋下，有一顆淚痣，在她蒼白的皮膚上，為她平添了一抹淒迷。

女喪屍面無表情的瞥了瞥分別從她身體兩側掠過的辰染和路易，氣流帶起了她金色的長髮，長髮像誘人的海妖一樣拂過辰染和路易兩人的臉頰。她微勾著脣角，直視前方。

辰染和路易的動作猛然一頓，卻更加發力的離開了這個高級喪屍。

辰染騰出一隻手，捂住被女喪屍雁過拔毛的傷口：找個機會，吃掉她！

路易算是碰到比自己還不吃虧的喪屍了，硬生生抓了他一大塊肉：必須吃回來！

而女喪屍瞇起藍寶石一樣的漂亮眼睛，舔了舔手裡的兩團肉，側身，目光緊隨著向她好奇看過來的姚茜茜。她朝姚茜茜綻放出惑人的微笑，那樣子像極了一朵開在腐敗之地的罌粟花，頹廢又靡麗。

曾經也有過那麼一個人類讓她覺得與眾不同，想要傾其所有的保護，可換來的卻是……

女喪屍低頭吃下辰染和路易的血肉，細嚼慢嚥的動作好像在品評他們的味道。接著她一仰頭，感覺最後一塊血肉滑過喉嚨，然後猛然俯視在地上掙扎得如螻蟻般的人類。

她周身的氣流猛漲，驅使更多的低級喪屍湧入。

風吹開了她的長髮，一個圓形的傷疤在她的後腦顯現。待氣流消失，長髮垂落，又把那傷疤遮蓋。

不曾擁有，也就不曾失去。

不曾擁有，也就無從嫉妒。

因為知道那種心靈相通的美好滋味，品嘗過感情的甜蜜與苦澀，才會變得如此渴望。

——那個人類是不是與眾不同？

——上次相見，她身邊只有一隻喪屍而已。

女喪屍再次看向姚茜茜他們消失的方向，目光幽遠。

★※☆※★※☆※★

藍道夫要塞，司令室——

路德維希筆直的坐在椅子上，他雙手扶著楞杖，看著前方傳來的畫面。

看到在空中飛翔的路易，他的手猛然攥緊了楞杖。

他緊緊盯著有路易的畫面，眼睛裡沉澱起幽深的暗沉。

當看到另一隻喪屍抱著的小小身影，他驚訝於對方如此眼熟，等直升機給了她一個特寫，他才記起是那個小女孩。

路德維希馬上想到了遇到她時的異常，一個小女孩在喪屍如群的城市裡獨善其身，比傭兵們還自在悠閒，以及她遇到路易時，路易異常的反應。

他不知道喪屍對她的青睞是巧合，還是她本身特殊的天賦。

路德維希碧綠的眼睛微動，在直升機墜毀之前，他都無法看清楚抱著姚茜茜的喪屍的面目。

隨手翻起重傷未癒的影做的彙報，他陷入了沉思。

第五章 ! 與妳入夢

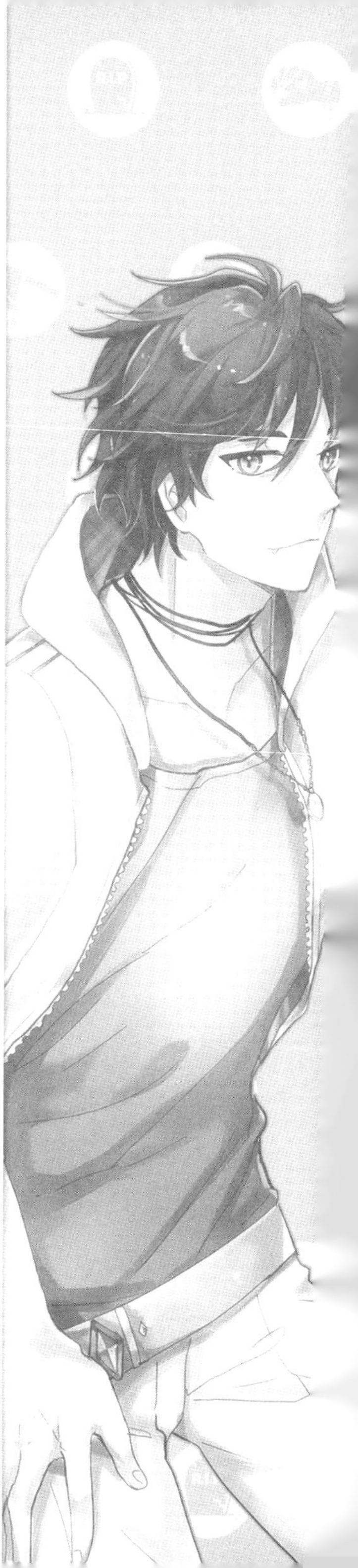

路德維希揉揉眉心，放下手中的報告，疲勞至極的仰躺在椅子上。隨著他的動作，身體裡竄出的喀喀聲讓他有些混沌的大腦瞬間清醒過來。

突然又聞到身體傳來陣陣的腐臭，路德維希將頭靠在椅背上，長髮垂落，閃著淡淡的金色光點，像絲綢一樣浮在椅子兩側。他閉起雙眼，自嘲的笑了笑。

四周安靜下來，慢慢的，他任由黑暗襲來，把他帶入夢鄉。

另一邊，姚茜茜疲憊的趴在辰染的臂頭上睡著了。辰染輕輕扶住她的頭，讓她睡得更踏實。找了個民居落腳，辰染小心翼翼的把她放在床上，然後自己覆上去，彎著眼開始肆無忌憚的亂舔起來。路易跟著飛了進來，眼紅紅的蹲在一旁，往裡挪了幾步，彎著身子勾著頭，嫉妒的看著辰染做壞事，樣子活像個受氣的小媳婦。

辰染舔幾口，還不忘回頭對路易低吼齜牙。路易不甘示弱的齜回去。辰染則像沒看見似的繼續舔，路易嫉妒得咬著骨翼尖……

★※☆※★※☆※★

姚茜茜看著四周陌生的景物，她知道自己在做夢。一棟西洋別墅矗立在她面前。別墅前是一座大花園，花園中間有個雕像噴泉，白玉般的雕像是一個拿著水瓶的女孩，水從女孩的水瓶中緩緩流瀉出來，聚集在底下的圓形水池中。

這個夢真實得都能聽到小鳥的叫聲，聞見隱隱的花香。

姚茜茜記憶中從來沒見過這個地方，或許是哪部電影裡曾經出現的場景吧。

她好奇的朝前踏了一步，地上的小石子扎得她不舒服，她這才發現自己沒有穿鞋子，再低頭看看自己，竟然穿著被海德里希實驗時的白色實驗衣！

果然是做夢……海德里希對她造成的傷害，連夢裡都忠實的體現著。

她漫無目的在花園裡散步，突然聽到不遠處傳來了爭吵聲。

姚茜茜忍不住好奇心，站住，側耳傾聽起來。

「母親，您為什麼這樣做！」清朗高揚的童聲傳來，語氣裡充滿了詰問和不可置信。

「親愛的，以後你就會明白媽媽的苦心了。」柔媚並有些哀傷的女聲回答道。

「我不需要！」男童大喊道：「我會靠自己得到想要的一切！」

「不是的，親愛的，我的寶貝……」女聲有些哽咽，「不是你想的那樣簡單，即使你不去害他，他早晚也會要了你的命！」

「哥哥不會這麼做！」男童聲音篤定，「母親，請您不要再插手了……」

一陣腳步聲傳來。

「親愛的，你要去哪裡？」女聲很著急的問。

「我去阻止他們！」

「已經來不及了……」女聲輕輕柔柔的說道。

「母親！」男童氣急敗壞的大喊。

姚茜茜轉著眼珠，好像是家族內鬥、兄弟鬩牆之類的戲碼，她曾經看過這種電影嗎？還沒等她反應過來，一個跟火車頭似的小男孩就衝了出來，蹬蹬蹬的和她撞在一起。

哎呦，她的肚子……

姚茜茜後退了好幾大步才穩住身子，撫著肚子，生氣的看向男童。

他大概也就五、六歲，只到她肚子那裡，金髮碧眼，眼睛圓圓的，嘴脣粉粉嫩嫩，臉上還有些嬰兒肥，像拉斐爾畫上的小天使，十分好看。他穿了身小小的黑色軍裝，手上一絲不苟的戴著白手套，腰間還掛著一把迷你版花式佩劍，一副小大人的樣子。

姚茜茜立刻什麼氣也沒有了，眼神溫柔的看著這個萌萌的小男孩。

小男孩一臉戒備，揉了揉被撞痛的額角，「妳是什麼人！」粉嫩晶瑩的小嘴開開合合的吐出一句責問，配著他好聽的童聲，讓人有種想狠狠蹂躪一下他頭頂的欲望……或者親親他的小臉蛋。

實在太可愛了！

姚茜茜深吸了口氣，壓抑著心中那些不合時宜的衝動。

「親愛的，你在和誰說話？」男童的母親揚聲問道，然後是椅子的移動聲。

男童皺了皺精緻的小眉毛，看著姚茜茜衣衫襤褸、一臉迷茫的樣子，拉起她的手就跑開了。他還不忘應道：「沒有說話，母親。我先回房了。」

姚茜茜被男童拉著跑，小聲說著讓他慢點。這小胳膊小腿的，比她跑得還快！

男童用圓圓的碧綠色眼睛瞪了她一眼，姚茜茜立刻冒了顆心，小男孩一露出大人的表情真是萌死她了。

他們一起跑進了一個花房，男童把她推進去，反鎖上了門。

男童把姚茜茜推到門上，欺上身，用小手把她的兩手手腕按在門板上，仰著頭瞪視她。

這動作由大人做，還具有一定的脅迫力，可由這個只到她肚子上的小男孩來做，那就只有用萌來形容了。

姚茜茜順從的低頭看著他。

「妳到底是什麼人？」男童的碧眼中閃過暗流。

「我叫姚茜茜……」姚茜茜回答道：「你叫什麼呀？」

「……」男童瞬間在心中畫了幾個叉，「妳在這裡做什麼？」審視了一下她身上的病人服，心裡有了計較。

「我在做夢哦！」姚茜茜扭了扭身子，笑著跟他說。

男童臉色一僵，鬆開了手，考慮是不是應該槍斃掉這個神經病，但是又覺得由他動手太掉身價了。

「小朋友，不要皺著臉哦。」姚茜茜蹲下來，看著他，「來～你叫什麼名字，告訴姐姐～」朝男童伸出魔爪。

男童拍掉她的手，高傲的抬了抬下巴，說道：「妳跟我來。」說完，他繞過她，打開花房的門，走了出去。

他決定把她交給憲兵隊，讓他們來處理吧。

姚茜茜欣然前往。

一路上，姚茜茜都鍥而不捨的問他的名字。但他的名字又豈是能告訴這麼低等人種的？

姚茜茜覺得男童現在這抹冷豔高貴的表情，和他的年紀實在太不符合了，一看就有很重的模仿痕跡。她笑道：「小孩子就應該多笑笑嘛～」

男童不予理會。

姚茜茜還要和他說什麼，卻被牆外窸窸窣窣的聲音吸引了注意力。她馬上一把抓過男童，將他護在身後。

這麼可愛的男孩子，又穿得體面，估計就是這棟西洋別墅的小少爺！被壞人劫持就不好了！

男童人小體輕，只覺得眼前一暈，就被這個低等女子拉到了身後。

「乖乖的，別出聲！」姚茜茜把手指豎在嘴邊，嚴肅警告道。

男童生氣的想說些什麼，被姚茜茜壓著頭頂阻撓。

姚茜茜忍不住揉了揉他的頭髮，手感好好！

男童憋紅了臉，簡直像兩團胭脂抹在白玉上。

只聽撲通一聲，一道人影從圍牆上栽了下來，姚茜茜嚇得帶著男童後退一步。男童伸出頭，皺眉的看向圍牆旁的草叢，突然眼睛閃了閃，甩開姚茜茜的手，跑了過去。姚茜茜趕緊跟過去，她覺得小男孩實在太不聽話了，這個時候應該躲在大人身後才是。

「哥哥……」男童緊咬嘴脣，看著躺在地上渾身是血的男子，不知如何是好。

姚茜茜瞅了瞅這男子，和男童一樣的金髮碧眼，面容英俊，眼角上挑，怎麼看怎麼眼熟！

「不要急，我們先簡單處理一下他的傷口，然後把他搬到屋裡去。」姚茜茜認為她要當這裡的決策者，一少一傷，她要是再沒主意，就等著這個男子流血而死吧。

姚茜茜走近，捅了捅他，「你有沒有骨折？有骨折早說啊！」

重傷的男子吃力的搖搖頭。

「那我就放心了！」因為聽說有骨折的傷者不能輕易移動，會加重傷勢，「我先幫你包紮一下，一會扶你進去啊。」

男童緊緊的皺著眉，蹲在姚茜茜身邊，沉默的盯著她，好像生怕她起什麼壞心似的。

男子勉強睜開有些視線模糊的眼睛，只看到一個黑髮黑眼、黃皮膚的白衣女孩，在他身上忙活。然後手上沒輕沒重的，包紮的技術更加讓他心裡發怵，但他實在是沒有開口的力氣了。

姚茜茜認真的包紮著，卻發現血流得更凶猛了，她心虛的偷偷瞥了男童一眼，男童立刻用碧綠色的眼睛凌遲她。

她輕咳幾聲，草草收尾，扶起受傷的男子，讓男童帶路。

男童抿著嘴不說話，低頭在前面帶路。他不能驚動任何人，所以才讓她來做。可是，他真不知道自己的這個決定是不是正確的，總覺得她會玩死哥哥。

——等到把哥哥安全的送回去，就結果掉她！

姚茜茜覺得身上有點不對勁，低頭一看，一隻血手正虛扶在她的右胸上，掌心正隨著她的動作微微蹭著她。

——臥槽！色狼！

姚茜茜第一個反應就是停下來，拿右手搧了她身上受傷的男子一巴掌。

男童聽到清脆的響聲，回頭瞪大了眼睛看著姚茜茜，張口就想呵斥這個低等人種，可是哥哥在她手裡，他咬了咬嘴唇，嚥下了那些話。

「流氓，再敢拿手碰我，我我我弄死你！」姚茜茜生氣的對男子說道。

「哥哥已經休克昏迷了，妳想多了。」男童盡量用和緩的語氣說道。

「咦咦咦？是嗎？」姚茜茜認真的看了看男子，好像是緊閉著眼睛……好吧，她從來沒有扶過人，「不好意思。反正受了這麼多傷，也不差這一下……」

男童聽到這話，恨不得現在就斃了她。可是他得忍耐……

姚茜茜繼續扶著那男子向前走，讓男童等等她。

她沒看到男子悄悄的勾起了嘴角。

姚茜茜快步扶著男子走，一個不注意，啪嘰一聲，連她帶他一起摔到地上。

「哎呦！」姚茜茜吃痛的睜開了眼睛。

陌生的天花板……

★※☆※★※☆※★

【茜茜……】辰染躺在姚茜茜身邊，看她醒了，下意識的呼喚道。

【茜茜！】立刻，路易的聲音也跟了上來。

【辰染！路易！早安！】姚茜茜吻了吻辰染的臉頰。

辰染回吻。

【茜茜、茜茜，我也要！】路易不甘寂寞的說道。

姚茜茜坐起來，辰染跟著她起身，還在她腮邊追著親吻。

姚茜茜怕癢的縮了縮，看向猶如等著骨頭的小狗一樣坐著的路易。

噷，姚茜茜恍然大悟，夢裡出現的重傷男子長得像路易，除了兩人的眼睛顏色不同外，幾乎一模一樣。

真是一個奇怪的夢……

另一邊——

路德維希醒來，望著穹頂，眼神像被霧籠罩般沒了焦距。須臾，他淺笑低頭，長嘆一聲，直起身子。

接著，他開始有條不紊的布置捕捉兩屍一人的計畫。

「將軍，他們已經到了。」一士兵走到路德維希身側，彎腰恭敬的說道。

路德維希輕輕點了點頭，整理了一下外套，拄起枴杖，向門外走去。

★※☆※★※☆※★

姚茜茜捧著辰染找來的禮物，笑不出來。

一隻死掉的小鳥，腹部還淌著血；一隻半截的小蛇，看著那崎嶇不平的傷口，感覺是被活生生撕斷的；還有一隻活蹦亂跳的黑色小甲蟲。

她好想把牠們扔掉啊……

【茜茜，快放進小盒子！】辰染催促道。他知道茜茜總把路易給的小禮物放進一個鐵皮盒子裡收藏，他的當然也要放進去。

辰染去翻姚茜茜的背包，不等她反對，就大手一抓，把那些他精心找來的禮物塞了進去。

【茜茜，喜歡嗎？】辰染邊把鐵盒往背包裡放，邊笑咪咪的問道。

她好想把背包都一起扔掉啊……

那些屍體會腐爛發臭啊！

可看著辰染笑成彎月狀的眼以及一臉邀功的臉，姚茜茜差點咬斷舌頭，才沒把實話說出來。

【喜歡……】

辰染的金色眼睛發出耀眼的光亮，晃得姚茜茜眼一花，辰染就遞上來一個吻。

他邊含著姚茜茜的嘴唇邊說：【天天送給妳！】說完，還不忘挑釁的瞥了路易一眼。

路易皺皺鼻子，覺得辰染的腦子實在有問題，茜茜一臉便秘的樣子，哪裡是喜歡！

【不要啊！】姚茜茜立刻拒絕。她知道，只要辰染答應，以後肯定就是天天送了。這種驚悚的禮物一次就夠……天天送的話，她的小心肝可承受不了！

辰染停止吻姚茜茜，用金色的眼睛和她對視，皺眉問道：【不要什麼？】

姚茜茜看看辰染，低頭拉扯他的衣服，不知道該說什麼好。

辰染抬起姚茜茜的下巴，不解的問道：【茜茜不喜歡那些禮物？】

路易露出一個鄙視表情看向辰染，覺得辰染的腦容量和他相比，真是低到一定程度了。這麼明顯的事情，他竟然還要從茜茜那裡確認。

姚茜茜眼珠亂轉，就是不看辰染。她不想辰染不開心，可是又怕他天天送！

辰染的眉越皺越緊，嘴角緊抿，審視般的看著姚茜茜。

姚茜茜乾脆抱住辰染的脖子，猛然大力的親他一口，摟住他說：「我有辰染就夠了！」

辰染被姚茜茜一帶，就覺得嘴上一片柔軟，瞬間腦子就酥了。

辰染瞇起眼，陶醉的回吻，冰冷的嘴唇包裹了下面又去包裹上面。他怎麼親都親不夠，怎麼擁抱都不滿足。他身體的溫度在升高，嘴唇則越來越涼，這種快要燃燒起來的感覺卻無處發洩。

姚茜茜被辰染發狠的親吻弄痛了，皺起眉嗚嗚的抗議。

辰染明明想要輕柔些，可他的身體卻像有意識般自動的托住她的後腦勺，加深再加深。他忍不住又將舌頭伸進了姚茜茜的嘴裡。

姚茜茜拚了老命的推拒。那條舌頭的能力她可是見識過的，回憶起來都心有餘悸。

辰染的舌頭被姚茜茜推出來一段距離，卻還有一段在她的口腔裡。

他和她的脣相離，可他的舌頭卻像小橋一樣，又把他們相連。看到這個場景，辰染突然感覺肚子湧上一股熱流，刺激得他連手指尖都麻了。

於是，他發現了一個新的吻法。

辰染忍不住把姚茜茜壓倒，用手握住她的下顎，撐開她的嘴，然後把自己的舌頭伸進去，瞇眼看著自己的舌頭一點點餵進她的小嘴裡。他舌尖在她的口腔裡攪了一會，拔出來，再伸進去，再拔出來，不亦樂乎。

他看著她嘴裡的濕潤承受不住的溢出，順著她的嘴角流下……茜茜的濕潤沾染到他的舌頭上，甜甜的，讓他隔一會就要放進自己的嘴裡咂巴一下。

姚茜茜被吻得喘不過氣來，惱怒的去推辰染，奈何辰染用起蠻力，她推他像推一堵牆般，巋然不動。辰染的舌頭進進出出她的口腔，摩擦著她的嘴脣，磨著磨著，她的嘴角慢慢的也升騰起麻麻癢癢的感覺，像被羽毛輕掃著一樣。

舒服的感覺讓姚茜茜放任了辰染的親吻。

可是一旁觀看的路易不幹了，這吃不著還總是看著，讓他好難受！

路易盯上姚茜茜露在床邊的小腳。白白嫩嫩的腳趾一會勾起、一會展開，簡直是在朝他招手。看看辰染，入迷得很。於是路易迅速又悄無聲息的接近姚茜茜的腳，還不忘把骨翼對著辰染，

低頭──

「嗯──！」姚茜茜雙腿一縮，突然從喉嚨裡迸出一聲呻吟。

腳上傳來一陣陣疼癢麻痛，姚茜茜覺得體內猛然熱了起來。

辰染和路易激動了。

「茜茜，這是什麼味道？好香，好好聞。」辰染胡亂的在姚茜茜身上嗅著，覺得自己被那味道吸引住了，好像有什麼東西要破土而出。

「茜茜、茜茜！」辰染喘著粗氣，用身子不住的磨蹭著她，鼻子嗅過她的脖子、小胸、肚子，一路向下，在她腿窩那裡停留，深吸了幾口。

就是這裡！這麼的芳香甜蜜，讓他想吃進嘴裡，嚥到肚子裡！

辰染一邊使勁的嗅著，一邊要去解她的小牛仔褲。

路易則是將她整個腳趾都含在嘴裡，像嘬棒棒糖似的嘬得嘖嘖有聲。

姚茜茜趕緊阻止。她捂住辰染幾乎要埋進她那裡的鼻子，抽出被路易含在嘴裡的腳。

──你們兩個這是要幹什麼啊！

「住手啦！再鬧我生氣了哦！不理你們了！」姚茜茜威脅道。

辰染抬頭看向姚茜茜，她臉上好像塗了層鮮血一樣紅撲撲的，讓他好想咬一口。然後他就如自己所想的那樣，輕輕的啃咬她的臉頰。

可又被那氣味吸引著，他想要更深入下去。

上下兩頭，辰染都不知道要如何才好，恨不得多長出一張嘴來，兩邊都親個遍。

路易趁姚茜茜去推辰染的間隙，又拿起姚茜茜的腳，放進嘴裡。

——這兩隻還有完沒完啊！

剛坐起身，姚茜茜就被這兩隻折騰得身心俱疲！

等姚茜茜被吻得只能像小綿羊一樣任人宰割的時候，追捕而來的人類卻像天降神兵，解救了她。這些人如蛆附骨，對他們緊追不捨，只是一夜，就能再次鎖定他們的位置。

看上去，他們好像殺了什麼不得了的大人物了，姚茜茜汗顏的想。這猛烈的復仇態勢，她從未見過。

辰染繼續抱著姚茜茜飛奔，路易在天上觀察線路。

兩人都是一臉的饜足，一隻腳下跑得，一隻翅膀搧得，那叫一個虎虎有力、赫赫生風……

★※☆※★※☆※★

「喂，妳快點站穩！」男童扶著姚茜茜，瞪眼警告道。

姚茜茜一愣，迷茫的看看四周，發現自己又做起那個夢了。

軍裝男童一臉的吃力，一腿半跪，卻死死的抵住她的肚子，不讓她跌倒，以免加重身上這個傷患的傷勢。

姚茜茜趕緊借力站了起來，扭頭觀察了一下她架著的人。

男子閉著眼，完全和她印象中的影像重合了——真的是路易！

「路易，你竟然到我夢裡來了。」姚茜茜用腦袋蹭了蹭他。

重傷患表情不變，可被架著的那隻手又不老實的蓋上了姚茜茜的右胸，微微磨蹭，用手心去感受那裡小小軟軟的凸起。

男童眼神一厲，側頭斂去殺氣，逕自往前帶路。

他們來到一個房間，裡面有很多玻璃櫃，陳列著各式各樣的槍械。只有中間，有一張深藍色的單人床。一看就知道這裡並不是臥室。

「妳先把哥哥放到床上，我去拿藥。」男童吩咐道。

姚茜茜點點頭，小心的把路易放平在床上。

「路易，你怎麼受這麼重的傷啊？不過夢都是反的，不要擔心哦。」姚茜茜也不知道是說給路易聽抑或是她自己聽，她還是有點擔心的撫了撫他的額頭，撥開黏貼在他臉上的碎髮。

幸好不燙，沒有發燒。

果然是反的，在現實裡，她又怎麼會接觸到他呢？辰染不氣瘋才怪。

「讓一讓。」男童拿著藥，語氣不善的撥開姚茜茜。到了這裡，他就不需要對這個神經病客氣了。

「我來吧！」姚茜茜伸手想接過藥。她覺得讓一個小男孩來上藥，自己在旁邊杵著，太不符合尊老愛幼的傳統美德了。

男童躲過姚茜茜的手，把下巴抬得高高的，拿出一副「妳這個下等人種簡直是侮辱我的眼」的表情，吃力的爬上床，就想解開哥哥的衣服上藥。

姚茜茜搖搖頭，覺得這個男童真奇怪，明明是大人應該處理的事情，他卻總喜歡插手。

她把他攔腰抱了下來。

「妳幹什麼！快放開我！」男童低喝，即使受制於人，還不忘保持沉穩的風度，端著一臉的從容不迫。

姚茜茜把男童放在一旁的沙發上，扠腰說道：「小孩子就要有小孩子的樣子，好好待著，這些事讓大人來做。」

男童掙扎著想起身，卻又被姚茜茜按了回去。

「不聽話，揍屁屁！」欺負一個不哭不鬧、只端著一臉冷豔高貴的小男孩，真的好有成就感哇！姚茜茜單手托腮，又冒了小愛心。

「妳敢！」依然是威脅式的低音。

姚茜茜實在受不了了，看著他小大人的樣子，就好想欺負他！

她活動了下手指，然後把他翻轉過來，無視他的反抗，拉起他的小軍服外套，象徵性的在他的臀部拍了拍。

對男童來說，這簡直是奇恥大辱！長這麼大，從來沒被這麼輕慢的對待過。他咬牙逼退眼裡的淚，不言不語，發誓這筆債早晚要自己來討。

然後，他又憎恨起自己的人小無能。

姚茜茜拍了兩下，以為他會哭，沒想到他不吭不語的，完全不像這個年紀的孩子。

她扳過他的身子，發現他眼紅紅的，鼻頭也紅紅的，眼淚就在他的眼眶裡打轉，他卻拚命的憋著，一臉倔強。

巨大的罪惡感朝姚茜茜壓來，她趕緊把他抱進懷裡，學著辰染的樣子，輕輕撫著他的背。

他像受傷的小獸一樣，無聲的掙扎。

姚茜茜加重這個擁抱。

「是我不對啦……嗷！」她的肚子挨了一腳，「我讓你打回來，打回來好不好！」

男童不依的繼續拳打腳踢。

「嗷嗷嗷——你聽我說幾句！」

「我只想告訴你，你這麼小，是需要受保護的年紀！並不是什麼事情你現在都能做。我知道你想保護媽媽、保護哥哥，想自己來處理所有的事情，可你的對手如果是成年人，你完全可以讓成年人去對付，不用自己親自出馬！」

男童又重重的給了姚茜茜肚子一拳，然後安靜了下來。

這個懷抱很溫暖，也很柔軟，讓他有些懷念起媽媽的懷抱。為了能在這個家族立足、保護重要的人，他很小就明白必須靠自己走出一條路來，所以他捨棄了所有喜歡的事情，不斷的修煉自己，苦練武技，多苦多累也不怕。

但是，有時候他也會產生被自己唾棄的想法。他也想要被擁抱、被愛護、被寵愛。

姚茜茜鬆了口氣，為了制止住他，她可是出了一身汗。小不點人小，力氣可不小。她拍著他的背，輕柔的搖晃起來，「我也做得不對。看你可愛的樣子，就想欺負欺負你、嗷！」

又遭到男童一拳，他好像一次就發現了，踢她的肚子她就會慘叫……

「這是我的不成熟啦，我向你道歉。」姚茜茜很鄭重的向男童說道。

「怎麼個道歉法？」男童頭枕在她的手臂上，矜持的問道。

「讓你打回來好了……」

男童點點頭，又搖搖頭，「不是現在，等以後我長大了，也和妳一樣是成年人的時候，我再找妳討回來。」

「這不公平！」姚茜茜反駁，萬一他以後長成個肌肉巨漢，她不是太吃虧了！

「妳打小孩，就公平了？」男童一臉鄙視的反問。

「好吧……」姚茜茜氣弱答應道。但轉念一想，她是在夢中啊，不怕不怕。等她醒來看他怎麼討債！

孤零零的躺在床上、口不能言的男子，欲哭無淚啊！在這一大一小的眼裡，到底有沒有他這個重傷患！

男童又在姚茜茜懷裡賴了一會，才冷豔高貴的站起來，指揮姚茜茜為哥哥上藥。

正上著藥，屋裡的鐘聲突然響了，男童碧綠色的眼睛猛的一亮，他有些興奮的對姚茜茜說道：「舅舅和表哥就要來了！我得去迎接。」然後又正色道：「哥哥就交給妳了。我走後妳把門鎖上，誰來也別開！」

說著，他不放心的想為姚茜茜找個武器，後來清醒過來，他怎麼就相信了這個來歷不明的女人！不過，他又覺得她是低等人種，根本不用懼怕。

他的心思繞了繞，最後還是沒給姚茜茜防身用的東西。

「好好照顧哥哥！哥哥如果有個閃失，我一定要妳生不如死。」男童不放心的留下警告。

「知道了，趕緊去吧。」姚茜茜覺得他雖然身在這裡，但是心已經飛到他小表哥和舅舅那裡去了……果然還是個孩子。

「放心，我會照顧好他的！」

男童還是有些不放心，怎麼想都覺得自己把哥哥交到陌生人的手裡是錯誤的。可他現在又不敢驚動別人，怕母親知道後，會想辦法害哥哥。

「我和他老相識了。」姚茜茜說服男童寬心，「他救過我的命，現在輪到我照顧他，當然義不容辭了。你放心去吧！」趕緊去玩吧～

「妳怎麼會？」男童有些不相信，可一想到她出現得那麼巧，剛出現就發現了重傷的哥哥，還把哥哥扶了回來，真的好像是哥哥安排好的一樣……

思考著，男童用敬佩的眼神看了一眼臥床重傷的男子，不再懷疑，拉開門走了。

姚茜茜跟上去送他出門，望著他腳步都歡快了三分的樣子，搖搖頭。

姚茜茜為路易上好藥，蓋好被子，托腮瞧著他。

小麥色的皮膚，眉微微皺著，眼角邊還有條細細長長的疤痕，從眼角一直延伸到左頸，為他英俊的臉上添了些痞氣。胸脯起伏著，好像一個活人似的。

姚茜茜突然聽到走廊裡響起腳步聲，她警惕的朝門那邊望去，剛想起身，憑空出現了一隻麥色的大手壓住她。

姚茜茜奇怪的看向路易。躺在床上的路易朝她做了個噤聲的手勢，搖了搖頭。姚茜茜領悟似的點頭表示明白。

路易又指指展櫃前掛著的花式軍刀，讓姚茜茜取過來。

姚茜茜彎著腰，踮著腳尖，輕手輕腳的拿下軍刀，抱著軍刀悄悄走回床邊。

回到床邊，姚茜茜將刀遞給路易。路易勾勾手指，讓她靠近些，姚茜茜聽話的靠近。路易又拉著她的手往下拉，姚茜茜順從的蹲了下來。

姚茜茜用眼神詢問，需要她做什麼？

路易滿意的點點頭，壯碩的身子一翻，就壓了過來，直接把姚茜茜仰面壓趴在地上，一手還不忘捂住她的嘴，把她的驚叫盡數捂滅。

——臥槽！

姚茜茜躺在地上，揉著腰，無聲的比著口形。搞了半天，是要拿她做肉墊！

路易帶著姚茜茜滾了兩滾，就滾進了床底。到了床底，他還不忘讓姚茜茜在下面替他墊著。

姚茜茜滿臉怨氣，卻看在他受傷的分上，不好發作。

兩人一起在床下躲著，只聽不久就有敲門聲響起。三長一短，敲了幾下，就不響了。

姚茜茜安靜的側耳傾聽，路易卻享受似的趴在她的胸脯上。姚茜茜悄聲說了聲：「喂！」推了推他的肩膀，想把他的頭從自己胸上移開，本來一躺就沒有胸了，再被他壓，胸擴了怎麼辦！

路易悶哼一聲，姚茜茜就覺得自己手上一片濕濡，拿近一看，一手血。

——天啊！

姚茜茜臉黑的想，這個路易得多流氓，傷重成這樣都不忘記揩油。

腳步聲再次響起，姚茜茜可不認為對方走了。

果不其然，過了一會，有鑰匙轉動的聲音，吱呀一聲，門被推開了。

姚茜茜倒吸了口氣，屏住呼吸，覺得心都要提到嗓子眼裡了。從男童的隻言片語中，她知道路易好像和他媽關係不好！他媽喜歡小兒子，不喜歡他，好像還要害他！

姚茜茜同情的看了眼路易，可憐他混得好慘！

路易已經趴在姚茜茜身上半昏迷了，沒看到她欠扁的眼神，如果看到了，人類的路易非給她點教訓不可。

隨著腳步聲鄰近，姚茜茜不由自主的往裡面挪了挪，扭頭閉眼不敢看外面，生怕出現那種悄無聲息猛的掀開床單，瞪大了眼睛看他們的可怕景象。

等了半天，再沒聽到動靜。

姚茜茜顫顫巍巍的睜開眼，被眼前放大的臉嚇得她直接尖叫起來。

——怕什麼來什麼，臥槽！

路易不適的皺眉，勉強睜開眼。

「是你們自己出來，還是我叫人把你們拉出來？」居高臨下，有點臭屁欠扁的童聲響起。

姚茜茜以為自己眼前那對紅彤彤的燈泡是鬼眼，等鎮定了再看，才發現是個黑髮紅眼的小少年。比那金髮碧眼的男童要大上幾歲，大概十二、三歲的樣子。肌膚勝雪，眉眼豔麗，唇紅齒白，估計再過幾年，就成了個風情萬種的小美男。

一身合身小禮服，他穿得挺拔筆直，透出一股貴族氣息。

這到底是哪家子人，一個個都長得這麼出類拔萃，基因實在是太好了！

「路易……要不要出去……」

「嗯……」路易吃力的從喉嚨裡擠出個字來。

姚茜茜只好像馱著重物的烏龜一樣，慢慢的挪了出去。

「路易哥哥，我母親的禮物還不錯吧。」俊美的少年巧笑倩兮的說道，一臉幸災樂禍。

姚茜茜費勁的把路易重新抬上床，一身白衣都染成了紅色。

她甩著手上的血，很氣憤的說道：「有時間聊天，還不如過來幫你哥！」和這個少年比起來，男童是多麼的善良乖巧啊！

少年根本不理會姚茜茜，逕自坐到一邊的沙發上，雙腿交疊，十指交握的放在膝頭，尖尖的下巴輕輕抬起，表情很高傲、很施捨的繼續對路易說道：「你需要我說明嗎？或者，我去請我母親過來？」

姚茜茜覺得這少年笑得像隻小狐狸，還一臉「來求我」的表情。不求他還要叫媽媽來，這麼小就這麼彆扭，長大了還得了！

路易沒有馬上回答，少年也不著急，下巴抬得更高了。

等了一會，路易打破沉默，氣喘著問道：「什麼條件？」

少年紅眸中閃過一絲欣喜，顯然對現在自己的表現很滿意，但他很快就掩蓋住了，慢條斯理的說道：「簽個賣身契，以後你的軍工廠和發明都由我來接管。」

路易想笑，卻只是輕咳了幾聲，「小表弟，你胃口還不小。」

「難道表哥的命不止這點嗎？」少年彎著紅眼反問。

路易痛快的答應了。

姚茜茜發現這個少年竟然在趁火打劫。長得挺好看，沒想到這麼陰險無恥，連自己血親的命都能當作籌碼。冷血啊冷血！

少年背著手踱著步子，從容不迫的走到路易床前，翻手就拿出了一個小鐵盒。打開，熟練且迅速的用裡面的針管裝藥，還沒等姚茜茜反應過來，少年已經把藥注射進了路易脖子的靜脈中。

「親愛的表哥，為了防止你日後反悔，我只好做些預備措施……請不用擔心，這些藥可以幫你快速恢復傷勢，只是可能有些副作用，所以要定期來找我檢查哦。」少年勾著嘴唇，笑得妖冶得好像一大朵黃泉邊上豔麗綺靡的彼岸花。

姚茜茜在一旁目瞪口呆。過幾年，這少年絕對是個人物……

少年收了工具，突然興奮的拍了拍手，黑髮在空中柔軟的搖動，他陶醉的自言自語道：「我要把這事告訴爸爸，他一定會很高興！」這時他倒是有了幾分少年青澀和純真。

姚茜茜挑眉，沒想到這個少年雖然變態，卻也敬愛人。

「表哥，哥哥的傷勢怎麼樣？」這時候，男童不顧禮儀的咚咚咚跑進來，壓低聲音問少年。

「表弟，你來得正好。」少年突然擺出一副溫柔關懷的慈愛模樣，「我剛幫他打了藥，這裡需要人看著，如果今天晚上不發燒，你哥哥就不會有生命危險。」

姚茜茜要吐了，這個小少年變臉變得好快啊！

「謝謝表哥！」男童看了看哥哥熟睡的臉，感激的道謝，漂亮的碧綠色眼睛裡滿是佩服，看少年就好像在看一個偶像、一個目標似的。

少年帶著虛偽的微笑，如兄長般摸了摸男童柔軟的金髮，「那你今晚要找個信任的人，好好看護哥哥啦。」

「放心吧，我會親自照顧哥哥的！」

少年又和男童寒暄了幾句，把一個愛護弟弟的慈愛兄長扮演得入木三分，才施施然的離去。他離去前，還不忘瞥了一直沉默的姚茜茜一眼。

姚茜茜馬上有一種被蛇盯上的感覺。

太無恥了！太變態了！太不可愛了！欺騙小朋友，還拿眼神威脅她！

姚茜茜朝少年消失的方向皺了皺鼻子，有些同情的看向滿臉慶幸的男童。

「我和你一起照顧吧。」姚茜茜提議道。

「不用了……」男童緊盯著哥哥沒有血色的臉，想也沒想便開口拒絕。

「厚厚，你是不是忘記我剛才說過的話啦？有些事還是交給成年人來辦得好！小孩子就要九點上床睡覺，這樣才能長高個！」姚茜茜揚了揚手，警告道。

男童下意識的雙手摸了摸褲子，剛想發火，姚茜茜眼疾手快的把他摟進懷裡，忙不迭的跟他說：「九點再換我還不行？小孩子就是要撒嬌、搗蛋、瞎胡鬧！」

「才不……」男童被擠亂了金髮，掙扎的抗議著。

「你看，我們萍水相逢，我也不知道為什麼會夢到你。可是我想跟你說，小孩子就是小孩子，有些事我們看不透也做不到。如果你以後明白了什麼，千萬不要責怪自己。你已經是你這個年紀裡做得最好的了，鎮靜、善良、堅強。剩下的全是時間的錯，不是你。」

「即使有一天，一些事顛覆了你的認知，也請不要改變初心。」

「我為這樣的你驕傲。」

「也請你為自己驕傲。」

姚茜茜無法把那少年的本性說出來，怕給這個小男孩的童年帶來陰影，以後不再相信任何人，黑化成第二個變態少年，她只能盡量用含蓄的詞語來鼓勵他。只是希望這樣有用。

看到他那雙倔強的碧綠眼眸，她心裡有些戚戚然，這麼善良的孩子，卻生活在如此複雜的家庭裡。

男童安靜的趴在她的懷裡。

姚茜茜只覺得懷裡發燙，低頭再看，男童也仰頭看著她，他的眼神變了。

裡面的脆弱與迷茫漸漸消失，只餘下歲月洗練的睿智、沉穩、堅毅和不變的驕傲。

像一雙成熟男子的眼睛。

像一個她所認識的人……

★※☆※★※☆※★

姚茜茜暈暈乎乎的半睜開眼睛，立刻有一隻大手撫上了她的額頭。

【還是很燙。】路易擔心的跟辰染對視了一眼。

第六章 ! 一連串的惡夢

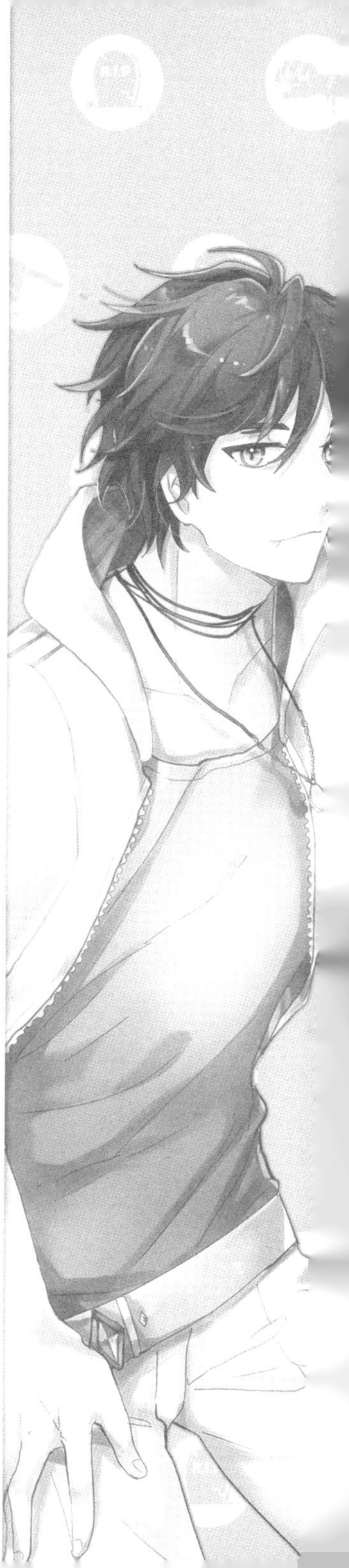

姚茜茜的高燒一直不退，辰染和路易很擔心。她睡覺的時間越來越長，還開始閉著眼說些他們聽不懂的話。

而後方的追兵依然緊追不捨，卻又不和他們正面交火。那些人類知道他們的罩門就是茜茜，只要一回身和對方廝殺，對方一定都朝著茜茜攻過來。

這情況弄得他們兩個很被動。

人類很弱，但是他們又不得不承認人類還是有厲害的地方。

他們算是見識到了。

即使無休止的奔逃，對他們來說也是輕而易舉的事，可對茜茜來說卻不是。他們必須想辦法儘快結束這種局面，否則後果不是他們能承受的。

路易和辰染不得不先把想殺死對方的心放到一邊，利用他們僅存的智商，好好思考一下他們要怎麼做。

另一邊，當路德維希看到這兩屍一人的組合時，幾乎立刻決定先除掉他們。因為跟喪屍女王比起來，擁有了感情的喪屍更讓他顧忌。

不過，這正好是他們的弱點。

望著螢幕裡那個小女孩難受的樣子，路德維希久久沉默。

近來他總是做個怪夢，回憶起以前的事。而夢境裡，竟然也有她。

他懷疑是海德里希的陰謀，可又覺得不可能。海德里希雖然是個瘋子，卻還沒無聊到關心他私生活的地步。海德里希的世界，除了他心心念念想要復活的父親外，再無其他。

一個可憐的瘋子。

姚茜茜這個名字，確實也隨著夢境在他的心裡清楚起來。很久以前，他只記得她是一個很善良又很愚蠢的小女孩，總覺得她在這個環境裡活不了多久。

可現在，也許所有的人類中，她活得最愜意了。

因為有兩個高級喪屍將她視如生命般的保護著她。

這讓他不禁好奇，她到底有什麼能力？或許異能千百種，有這麼一個親和喪屍的能力也不足為奇。可是直覺告訴他，事情不是那麼簡單。

因為她實在太平凡、太普通、太脆弱又太善良。

路德維希閉了閉眼，揮去夢境中那個溫暖柔軟的觸感，她好像完全不受外界的影響，完全不像這裡的人……

或許，這就是她被那些喪屍選擇的原因？

路德維希不懂生物科學，可總覺得如果有一個和喪屍完全相反的存在，被喪屍如此珍惜的呵護，一定不是感情因素，因為連最小的微生物都知道趨利避害，何況是只知道殺戮和吞噬的喪屍。

一定是一種本能，讓他選擇在受到危險的時候，第一時間保護她，就好像她是他身體中最重要的部分……

路德維希瞳孔驟然一縮。他好像想到原因了。

彷彿鱷魚與千鳥，牠們之間一定存在著某種聯繫。

這樣看來，他或許應該留下她，好好研究。

路德維希可笑自己找了這個理由來留下她，可是又覺得確實如此。

所有的事情已經布置好，剩下的只是時間問題。所以他現在也可以好好的休息休息，等她來入夢了。

這次的夢境又是什麼呢？

★※☆※★※☆※★

姚茜茜發現自己又身處一個陌生的地方。和男童的洋房不一樣，是青黑色石頭組成的三層小樓，有塔樓和鐵絲網……更像是一座監獄，或者要塞。

場景一變，她的面前突然出現一條長長的走廊，走廊兩旁的燈亮著，裝飾華麗。她被站在盡頭處偷看的金髮少年所吸引——相同的黑色軍裝，只是大了幾號；不同的是，他有了象徵軍銜的單肩章。

看上去，那個男童長大啦！就像他小時候期許的那樣，成為了一名軍人。

姚茜茜高興的走上去，不知道他還記不記得她。

走近後，她熱情的向他打招呼。可是對方好像沒聽見，並不理睬她。

突然，只見他神情震動，碧綠眼眸裡像有什麼在倒塌似的，俊秀彷彿油畫般的臉微微扭曲著。

姚茜茜順著他的目光看去，囧了一下。

透過門縫，她看到黑髮少年側對著門口，正以看豬狗般的眼神看著跪伏在他面前搖首乞憐的男子。

那跪地的男子，竟然和路易長得一樣。

路易這個模樣，她可沒見過！

他眼神錯亂、面容憔悴，一點曾經的傲然也沒有。他用著最卑微的姿態、最卑微的言語，向那高高在上的人乞求著什麼。

姚茜茜更詫異的是，那被路易卑微乞求的人，竟然是辰染！

可是她馬上否定了自己的猜測。雖然兩者都是黑髮紅眼、相同的深邃眼神，但這個少年比辰染年輕，而且五官要比辰染柔和一些。

只是少年表現出來的氣質是和辰染差不多的冷豔高貴，才讓她最初誤以為是辰染。

果然都入她的夢了嘛！姚茜茜感嘆道。

而且她很快的猜到，這個人八成是和辰染長得很像的海德里希。

「要我給你也可以，像狗一樣的爬過來，舔我的鞋子吧。」海德里希高傲的抬著下巴，伸出了軍靴。

路易迫不及待的照做了。一點尊嚴也無。

那成長為少年的男童卻受不了的推門而入，驚詫了房間內的人。

「哥哥！」男童滿眼的失望。

路易驚醒般的看向男童，卻只能痛苦的別過頭。

「我已經全部照做了，求求你，求求你給我藥，快給藥！」路易跪伏在海德里希的面前，拉著海德里希的軍褲哀求道。

海德里希妖冶的呵呵低笑，掏出一個棕色的小藥瓶，將藥瓶裡的東西盡數倒在地上。

路易像狗一樣，伸著舌頭接著，吃完後，還不忘去舔地上的。

男童發瘋似的阻撓。

剩下的話，她就聽得不太懂了。

海德里希看著這場鬧劇，嘻嘻直笑，好像很享受的樣子。

姚茜茜覺得她這個夢可真是太錯亂了，竟然還夢到海德里希這個變態。

雖然辰染很討厭路易，卻只是想著怎麼弄死他，從來沒有以踐踏對方的尊嚴為樂。

和辰染比起來，海德里希好惡劣。

姚茜茜想到這裡，更好奇海德里希和辰染的關係了。

等等！這男童叫這個可憐的男子哥哥，她記得原來路德維希就很重視路易這隻喪屍，甚至不惜悄悄研究喪屍。再看那男童，和她印象裡模糊的路德維希的模樣倒是十分相像，就是比他年輕了些。

這樣子有些事情就能解釋啦！她好像在做一個夢，把這幾個人的關係夢了個遍。

——原來他們有親戚關係啊……難怪……

姚茜茜正在梳理著思緒，卻突然被人抓住了後頸，甩了出去。

「嗷！」姚茜茜坐在地上慘叫，吃痛的抬頭看向扔她的人。

那個人有一雙如驕陽般的血眸，蘊含著睥睨天下的風采，黑髮一絲不苟的梳理在後，戴著白色手套的手握著一把鷹頭權杖，黑色的軍裝上戴滿了勛章。時間僵硬了他臉上的線條，權謀沉澱了他的內在。

他抖了抖軍裝，不曾看她一眼，卻讓她害怕得顫抖起來。

輕飄飄的扔掉手套，他沉穩有力的推門而進。

成熟醇厚彷彿千年老酒的呵斥響起，裡面亂糟糟的一切瞬間安靜下來。

姚茜茜不知道要如何形容自己現在的心情。

這這這……這個人比海德里希還像辰染！

姚茜茜直勾勾的盯著陌生又熟悉的背影，疑問還未問出口，周圍的空間卻像水紋一樣泛起陣陣漣漪。

她腳下一空，就陷入了一個黑色漩渦中。

在不斷的下墜中，姚茜茜不甘心的緊緊盯著那個人的背影，驚鴻一瞥，卻在心底留下了最深的印刻。

很久以後，腳終於落到了地上。

姚茜茜慣性的朝前小跑了幾步，站穩。她朝四處看去，又是一個陌生的地方。

樹木茂盛，綠蔭蔥蔥，一條羊腸小徑歪歪扭扭的在草地上蔓延，好像是個公園一樣的地方。

剛才看到的景象還在她心頭裡縈繞，幸好這一切是夢。辰染既不變態，也不會像那個人一樣將她當作汙濁般，連眼神都吝惜給予。

果然夢都是反的呢！

前頭有人影閃過，姚茜茜回神，趕緊上前查看。

她輕輕撥開茂盛的灌木叢，看到前方綠色橡原木長椅上，一男一女正在互訴衷腸。

男的穿著筆挺的軍裝，高大壯碩；女的洋服華麗，嬌美優雅。男的坐在長椅上，而女子被他擁在懷裡，兩人倒是十分般配。

男的是路易，女的像是曾經在路德維希基地裡見過的那個金髮貴婦。

姚茜茜托腮，難道自己心底很想幫路易找個老婆嗎？但也別是這個討厭的女人好不好！姚茜茜眼珠一轉，起了壞心眼，想大喊一聲嚇他們一跳。

但還沒等她喊出口，她的嘴巴就被一隻大手捂住。

「嗚嗚嗚……」姚茜茜落進一個寬闊陌生的懷抱裡，那個人一手捂住她的嘴，一手箍著她的肚子。她奮力掙扎著要掰開那個人的手，使勁看向他。

「別說話。」那個人低伏在她耳邊，悄聲說道。聲音低沉有磁性，十分耳熟！

姚茜茜連忙點頭表示服從。

那個人把她拖離了現場，在羊腸小徑上，輕輕放開了她。

姚茜茜想要跑遠，卻頭皮一痛，她的頭髮被他的勛章勾住了。她胡亂拉扯，那個人輕笑的幫她解開。等姚茜茜回頭，只見那個人金髮服貼柔順，碧綠色的眼裡盡是自嘲的笑意，如油畫般雋永秀麗。

——路德維希……

她現在能完全確定了，那個男童和後來的金髮少年就是眼前的路德維希。

「路德維希，你怎麼跑到我夢裡來啦？」姚茜茜好奇的問。

路德維希淺笑搖頭，金髮閃著光點，隨著他搖頭而輕柔的擺動，「果然是笨。」

姚茜茜快抓狂了，為什麼所有人都這麼說她！不笨都被他們說笨了！

「我才不笨！不要隨便說我笨！我只是在積聚能量，爆發起來一定讓你大吃一驚。」

「或許吧。」路德維希扭頭看向路易的方向，極輕極緩的回道。

姚茜茜覺得他在敷衍她，「哼哼，你別不相信，有你後悔的地方。」

路德維希並沒有回答她的話語，而是淡淡的看著那兩個甜蜜的男女。姚茜茜安靜下來，陪他靜靜的看了一會。

路易和那女的臉上洋溢的笑容幸福美好，彷彿他們的世界裡只有彼此。

而路德維希靜靜的注視那一方風花雪月，眼中情愫難明，讓姚茜茜生出一種偷窺到別人秘密的不踏實感。

她真沒想到，像路德維希這種俊美強力的男子，也會做暗戀這麼可愛的事。

「你喜歡路易還是喜歡呃……那名女子？」姚茜茜不太確定的問。就她的印象而言，路德維希重視路易要比重視那個女的多。

「妳在想什麼啊……」路德維希嘆氣，「這些事不是妳該知道的，以後不要問了。」一副長官命令下屬般的語氣。

姚茜茜不高興的撇撇嘴，「反正路易現在和我在一起，過程確實不太重要，哼！」

路德維希面部肌肉微微抽動，眼神黯了下來，沉默良久後還是問道：「他還好嗎？」

「挺好的。」姚茜茜頓時覺得自己說的話十分任性，想起那個男童十分愛護兄長，少年時期又親眼目睹兄長狼狽乞憐，心中珍惜的人被踐踏，一定十分不好受。她的語氣弱了下來：「路易會做很多小東西，尤其是小動物之類的可愛雕刻哦。還長了一對翅膀。經常跟辰染拌嘴打架，每天生活得挺充實……」

「哥哥在世的時候就是一個軍械天才，經常自己做槍械，各種精密的元件都是親手完成。沒想到，死後還是沒忘記自己的技藝。」路德維希半朝姚茜茜解釋，半自言自語的說道。

他希望姚茜茜可以更多的瞭解哥哥生前的模樣，似乎這樣做，就能證明現在活著的那個還是路易。

姚茜茜總覺得哪裡不對勁，可又說不上來，於是順著路德維希的話繼續說道：「我還記得第一次被你抓著當逗貓草的時候，就感覺那隻喪屍對你很重要，沒想到竟然是你的哥哥。不過我覺得很奇怪啊，既然是你哥哥，為什麼你母親要害自己的親生兒子……」

虎毒不食子嘛！

路德維希笑著搖頭，「我們同父異母。」

姚茜茜立刻明白了。這就說得通了嘛！

「那你對路易可夠好。」

「不，哥哥對我很好。」路德維希碧眸中升起霧氣，似乎陷入了回憶中，「沒有他，我不可能活到今天。他自始至終，一直保護著我。」他一直都明白，那些隱忍、那些妥協，全是血脈相連的深情。

姚茜茜不太明白，可是路德維希一臉不願多說的表情，她也不好深問。

「你們真的是一家人呢！誰也不放棄誰，誰也不離開誰。互相關懷，互相愛護。」姚茜茜彎著眼羨慕的說。

「妳為什麼每次想的都這麼與眾不同？」永遠無法抓住重點。路德維希好笑的勾起嘴角。他有時候會覺得奇怪，是不是路易成為喪屍以後，挑女人的眼光跟著下降了。

姚茜茜朝路德維希皺皺鼻子，她可不覺得他是在讚美她。她又道：「現在路易過得很好，你也不用擔心他了。最起碼比起沒有意識的喪屍，他能跑能跳能耍賴。」

「沒錯。」路德維希抱起胳膊，目光幽深的看向遠方。

他可以理解為什麼在姚茜茜心裡，喪屍和人類是一樣的。她一開始就受到了喪屍的保護，所以不能明白，在這個世界上人類和喪屍只有一種可以存在。

他要完成哥哥的遺願，即使需要殺死哥哥。

姚茜茜看看路德維希，又看看路易和那女子，覺得他們的世界她一點也不明白，一點也走不進去。

幸虧她認識的路易，是現在這個路易，而不是那個還喜歡著別人、關心著別人的路易。

★※☆※★※☆※★

夢醒，姚茜茜只覺得咽喉異癢，還沒等睜開眼，不由得乾嘔了一聲。

【醒了！】路易興奮的嚎了一嗓子。

辰染從姚茜茜嘴裡抽出自己的舌頭，品了品，【溫度還是挺高。】

【辰染！不要隨便把舌頭放進食道裡好不好？很驚悚的！】姚茜茜費力的坐起來，手軟的拉了拉辰染的頭髮。

辰染抱住姚茜茜，任她拉扯，【好擔心茜茜。】

【好擔心！】路易也在一旁應和著。

【我怎麼了？】姚茜茜最近有些迷糊。

【很燙，變得更笨了！】辰染誠實的回答。

【沒錯！更笨了！】路易繼續當鸚鵡。

——你們兩個補刀的……

姚茜茜黑了下臉。

【我們在哪裡？】姚茜茜四處看看，發現周圍黑不隆冬，伸手不見五指。

【地洞！】路易搶著回答。

辰染瞪了一眼搶鏡頭的路易。

【怎麼會在這裡？】姚茜茜疑惑的問。

【他們找不到！】路易繼續搶話。

辰染朝他威脅的吼了一聲，【再多嘴就滾！】

【你先滾給我看看！】路易拿骨翼刺指著辰染，他的詞彙是越來越多了。

【他們的設備不是很厲害嗎？】姚茜茜安撫的拍拍辰染，繼續問道。

【這裡喪屍很多，夠他們找一會。】辰染回舔姚茜茜的下巴。

路易也湊過來伸舌頭，辰染一巴掌拍過去，路易躲開。

兩屍便在黑暗中互飆齜牙。

姚茜茜只聽到嘰哩咕嚕的聲音，無奈的嘆了口氣。大概辰染和路易永遠都學不會和平相處。

【對了，路易，你還記得一個金髮、氣質很優雅、長得很漂亮的女子嗎？】

【可以吃嗎？】

——看來已經不認識了……

【……那「路德維希」這個名字你熟不熟啊？】

【不熟。】

——都不記得了啊……果然，成為喪屍以後，屬於人類的記憶都喪失了……

姚茜茜想起什麼，抱緊了辰染。

辰染感覺到姚茜茜的不安，【茜茜？】

【辰染，還記得以前的事嗎？】

【是和茜茜一起洗澡，還是茜茜剛開始被喪屍追？】

【都不是……是更久更久以前的……沒遇到我之前。】姚茜茜把頭埋進辰染的懷裡，攥緊他的衣服。

【……吃東西。】在辰染的意識裡，沒認識姚茜茜之前，就是不斷的進食。

【也不是。就是……就是辰染還不是喪屍的時候。】姚茜茜埋頭閉眼，腦袋裡浮現出那個冷酷的身影。

辰染沉默許久，翻看了下姚茜茜的記憶，很奇怪姚茜茜為什麼把那個人類和自己劃上等號。

【能吃嗎？】他指的是姚茜茜腦中的那個人類。世界上只需要他存在就好，那個人類可以去死了。

【……】姚茜茜覺得自己多心了。除了她，辰染腦子裡就只有食物呦。

夢終歸是夢吶！

【辰染，怎麼辦？外面那麼多追兵，沒有放過我們的意思……】一陣布料摩擦的聲音響起，姚茜茜在辰染懷裡換了個姿勢，靠在他的胸膛說道。

辰染沉默了一會，【路易，去弄死他們！】他伸著手指，對路易頤指氣使的命令道。

路易的兩隻骨翼立時乍起，齜牙回道：【你去！我不去！】

【白讓你抱茜茜？】

【我已經抱過了。】路易搧著翅膀，一臉「看你拿我怎樣」的無賴樣。

【弄死他們，再讓你抱。】

辰染的話音還沒落，路易已經像炮彈一樣衝了出去。

等路易走遠，辰染抱緊姚茜茜，不屑的嗤了一聲，「再讓你抱才怪。」

「……」姚茜茜發現辰染變了，這不吃虧的性子真是盡得路易傳授啊！而且還發揚光大了……

辰染就像一張白紙，遇到姚茜茜以後，和她一起經歷了人和事，慢慢的對周遭有了認識，但這些都是建立在姚茜茜的認知基礎上，畢竟他們思考的角度不一樣。不像現在跟屁蟲似的路易，兩屍抱著相同的觀點，反而更容易相互影響……

姚茜茜陷入了深深的思考，他們人少式微、頭腦不靈光，再強的老虎也抵不過一群狼。這樣下去遲早要被人類消滅，最好的辦法就是反擊！

人類最厲害的地方在哪裡？人多團結、鬼點子毒！想要調轉局勢，最快捷的方法就是讓對方變成老虎，自己變成群狼！

高級喪屍強大但是稀少，而且獨來獨往，最要命的是以彼此為食，所以根本別想讓他們團結起來。但是低級喪屍一抓一大把，量大無痛覺不怕死，多好的炮灰啊！

【辰染，你能控制多少那種行屍走肉呢？】姚茜茜問道。

【多少都沒問題。】辰染想了想，回答道。

【我也是！】遠在外面找人類的路易也搶著回答。

【專心點！早殺光早回來。】辰染不滿路易插話，呵斥道。他很高興找到了遏制不順眼傢伙的辦法。

姚茜茜聽到路易發出幾聲意義不明的吼聲，大概是在朝辰染做鬼臉？

她了悟的點點頭，下一步就是召集的數量了。

【比我們看到的女喪屍指揮的還多？】

【好麻煩。】辰染對於指揮那群行屍走肉並不感興趣，他覺得還不如自己上要快些。

【麻煩。】路易也回應道。

【……】這難道就是高級喪屍很少去指揮低級喪屍的原因嗎……

姚茜茜無語望向黑漆漆的洞頂，【可是要消滅那些追捕的人類，用屍海戰術不是更好嗎？這樣就不用我們出手啦！我們可以到很遠的地方，邊喝茶邊弄死他們！】多麼愜意！

【喝茶是什麼？】辰染疑惑的問道。

【是什麼？】路易同問。

【你再不專心，就不要抱了！】辰染神煩路易不停的插話，他的茜茜和他說話，路易怎麼總插嘴！

路易立刻消聲。

【就是娛樂、玩耍之類的意思吧……】像那種高階大師般，千里之外，坐看風起雲湧……姚茜茜解釋道。

辰染腦子裡立刻映現出把姚茜茜壓倒狂親的場景，他現在覺得控制那些殘次品的存在實在可愛極了！

【好的，我們現在就這麼做吧！】辰染金眸閃爍，拉開嘴角，露出一抹妖魔般惡劣的微笑。

路易也像想到了什麼美事，在心靈對話裡「嘰嘰」笑了起來。

姚茜茜撫了撫起了一胳膊的雞皮疙瘩，她怎麼感覺好像把自己賣了……

召集到足以淹沒這些追捕人類的喪屍，仍是需要一段時間。姚茜茜算了算，如果辰染和路易一起努力的話，只要兩天就成。

【在那之前，我們暫時躲在這裡。】姚茜茜提議道。

辰染點頭。

路易一聽，也不再去找那群食物的晦氣，重新爬了進來，回到地洞。

【讓我抱！讓我抱！】路易朝姚茜茜伸手。

辰染抱著姚茜茜，身子往後一退，無情的拒絕道：【弄死他們再說。】現在好好幹活！

路易才不會讓自己做白工，骨翼大張，衝上前強行突破辰染的封鎖。

辰染放下姚茜茜，低吼一聲，撲向路易，開始新一輪的翻滾。

姚茜茜被揚起的塵土嗆得直咳嗽，心裡無奈的嘆氣……

★※☆※★※☆※★

天空彷彿墨染般壓抑陰沉，烏雲朵朵，風雨欲來。姚茜茜發現自己正站在一條霓虹豔麗的寬闊街道中央。

她又在做夢了。

到底是怎麼回事？這夢跟連續劇似的。

哪裡還像夢境？不光怪陸離，反而充滿了故事和邏輯。

一輛車濺著泥水飛馳而過，姚茜茜差點被撞翻。她哎呀叫著，幾個踉蹌躲到了路邊，還沒來得及低頭看濺到身上的泥點，就被人推搡了一下，力氣大得她差點趴在地上。

姚茜茜趕緊又讓開路，驚魂未定的看向始作俑者。

原來她剛才躲避的時候來到一間招牌絢麗的夜總會的大門口，站在人家大門口前整理衣服，被裡面出來的一群穿黑色軍裝的人撥開了。

姚茜茜吞回滿腔的抱怨，他們可是荷槍實彈的軍人，還是一群，她別惹事了。

這些軍人只是橫了姚茜茜一眼，就轉身站定成兩排，端槍在胸前，恭敬的挺起胸膛。

從大門裡，慢悠悠的走出一個人來。同樣是黑色軍裝，他穿起來就那麼的高貴不可一世，又襯得他英挺俊美。

姚茜茜瞪大眼睛看著這個和辰染長得一模一樣的男子，被一群士兵保護著登上一輛裝甲車。平心而論，這個有著帝王般氣質的傢伙要比辰染好看，尤其是那雙深邃醇厚的眼睛，沉澱著歲月的驚豔，複雜深沉。

如果這雙眼睛長在辰染臉上就好了，姚茜茜有些羨慕的想，辰染一定會更像個人類。

姚茜茜靜靜的看著那些軍人遠去，她漫不經心的猜想著這次會夢到什麼故事。

一腳踏進裝甲車裡的人，突然腳步一頓，又站直身子朝姚茜茜的方向望了過來。姚茜茜無意識的對上那雙紅眸，只覺得自己一下子像被掐住了喉嚨般喘不過氣來。

這個和辰染長得一模一樣的男子，給她一種很可怕的感覺。

姚茜茜不知道，那是上位者的威壓。

她這個弱小的女子，根本沒見識過這些，自然沒有抵擋之力。

那個人做了個手勢，旁邊就有個士兵恭敬的彎腰小步走過來，向他敬了個禮。接著有兩、三個士兵朝姚茜茜走過來。

姚茜茜剛開始還以為他們正好路過，還側到一邊讓路給他們。

可對方到了她身前便沒有再往前走的意思，其中一位士兵訓練有素的拿出一條白手絹，純熟的捂住了她的嘴，刺鼻的氣味瞬間讓她失去意識。

姚茜茜很清楚自己在夢裡，以為暈過去夢就會醒來。

可等她再睜開眼，發現自己並沒有在辰染的懷中醒來，而是趴在一處昏暗潮濕的地上。

姚茜茜迷茫的坐起身來，這裡並不是他們躲藏的地洞，而是有個巴掌大窗戶的狹小房間。那窗戶位置很高，又小，投射進來的光線不足以讓她看到這個房間的全貌，她只能先摸索著扶牆站起來。

——這是哪裡？

有一瞬間姚茜茜以為自己被追殺的那群人抓了，可是她隨後又覺得不可能。

雖然看不清房間裡的構造，但是她總有種感覺，這房間的一磚一瓦都有點「過時」，就好像是七、八〇年代電影裡的裝飾。

姚茜茜閉了閉眼，開始一點點的摸索，希望能找到出口。

沒過多久，她摸到了一個金屬把手。

還沒等她扭轉把手，門就從外面打開了，刺眼的光線射進來，讓她嘴邊的笑容還沒褪去，就難受的抬手遮住了眼。

「父親，這個女孩真有趣。」

柔和清朗又熟悉的聲音響起。

姚茜茜驚訝的看向迎面出現在門口的兩人——一高一矮，長得十分相似的兩個人。

高的和辰染長得一樣，深邃的眼睛，渾然天成的優雅高貴，一襲筆挺的黑色軍裝，手裡還拿著馬鞭。

而矮的是少年的模樣，也跟辰染很像，五官比辰染要柔和稚嫩。姚茜茜認識他，少年版海德里希。

多麼強大的基因！姚茜茜感嘆，長得都像辰染。

被海德里希稱為父親的男子，微微頷首，狹長的紅眸銳利的看向姚茜茜。

姚茜茜覺得他的目光一掃，她身上就起了一層雞皮疙瘩。她已經見過這個男子兩次了，第一次被無視，第二次被綁架。而這一次，不知道他要幹什麼。

突然，這個散發著成熟沉穩氣息的男子微微一笑，笑意直到眼底，讓他整個人都不同了。

原來面無表情的他像一位權謀深重的上位者，而現在……姚茜茜呼吸一窒，她以為她看到白骨和罌粟花，危險恐怖綺靡。

就像被魔鬼選好的祭品，姚茜茜無端的微微顫抖。

少年的海德里希看到姚茜茜害怕的模樣，嘻嘻的笑起來，他很滿意她的表現。他的父親就是如此出色的人——只要一個眼神，那些敵人宵小就會顫抖跪拜。

「父親，我們要怎麼玩呢？」海德里希期待起今天的遊戲來。

「這個人是你的，海德里希。」醇厚磁性的嗓音響起，他移開了放在姚茜茜身上的視線，側頭對海德里希說：「今天我和你的母親還有其他安排，不陪你了。」

「好的，父親。」海德里希有些失望的說道，不能和父親一起玩遊戲，他瞬間沒了興致。可他從來不會反駁父親的話，只能加倍的玩虐這個玩具來排解他的鬱悶了。

看著海德里希對這個人的崇拜眼神，以及像小狗般討好的姿態，隱隱的，姚茜茜心中升起一個念頭——難不成海德里希是辰染的兒子？——可她又覺得不可能。

那個人向海德里希告別，轉身離開，再也沒多看姚茜茜一眼。

姚茜茜有點悵然若失，大概是因為他和辰染實在太像了，好像是辰染把她當作玩物，讓她心裡不舒服了。

沒等海德里希關門，外面就有輕柔富麗的女聲響起。

「親愛的，原來你在這裡。」如黃鸝般清脆的聲音裡透著輕快。

「嗯。」

「今天可是我們結婚紀念日哦，要什麼都聽我的。」

「嗯。」

「那你先承諾，像每次承諾的那樣，永遠只愛我一人。」

「好。」

海德里希聽到這裡，難掩厲色的啃起指甲。母親總和他爭父親，真是礙眼死了！

而姚茜茜聽著那對男女的對話，又看著海德里希嫉妒的表情，腦中那個念頭再次浮現，她強行壓了回去。

辰染不會無視她，也不會愛上別人……姚茜茜垂下眼瞼，非常篤定的想著。

後來海德里希好像拿出了一條帶著鋼刺的鞭子，妖冶的笑著逼近她。而她還沒來得及害怕，又是一陣眩暈，她就離開了那個昏暗的房間。

等姚茜茜再次站定，才發覺這次的地方有些奇怪，靜謐得可怕，彷彿空氣都靜止般，沒有一絲一毫的流動。

她有些恍惚了。這似夢非夢的場景，好像要告訴她什麼。

也許只有到了夢的盡頭，答案才會揭曉。

她抬頭望去，竟然有一座骸骨積累成的山，一條泛著螢光的小路蜿蜒到山頂。除了她站的地方和那條小路，其他皆是一片混沌的漆黑。

耳邊突然響起嘶啞的慘叫聲，在寂靜的空間裡突兀嚇人，讓姚茜茜害怕的捂住了耳朵。

她進也不是，退無可退。

突然聽到骨頭滑落發出的清脆響聲，只見遠處有一人，背脊挺直，右手扶劍，正目不斜視的走向白骨山的頂端。

姚茜茜看著那飄揚起來的金髮十分眼熟，再想起這幾天一直擾她清夢的傢伙，這個人的身分呼之欲出。

她咬了咬牙，踏上崎嶇小路，去找他。

赤腳一接觸到地面，腳下似乎有東西湧動，姚茜茜低頭一看，全是人死前慘狀的臉。

姚茜茜大叫一聲，像在燒紅的鐵板上跳舞一樣，踮著腳尖飛奔而去。

「你你你——路德維希！」她邊跑邊喊，「瞧你，一進我的夢，就怪事連篇！」

路德維希腳步不停，目不斜視的望著他心中的目標，並不理會姚茜茜。

姚茜茜終於跑到山腳下，衝著正在登頂的路德維希喊道：「變態嗎你！快從骨頭堆上下來，小心有蛇——」

所有屍骨旁總是伴著蛇鼠，姚茜茜怕這個夢中也是如此。

路德維希在山頂站住，這才扭身正面朝著白骨之下的那個女孩看去。紅雨已經染紅了她的衣衫和頭髮，讓她看上去是那麼的狼狽與脆弱。

姚茜茜「啊」的一聲捂住了自己的嘴巴，微微顫抖的看著眼前之人。

他的身體像涇渭分明的河水般，一面光鮮亮麗，像油畫般俊美娟秀；一面卻只餘森森白骨，恐怖難述。

「路德維希……」姚茜茜咬脣，難掩眼中自責的淚花。

路德維希自嘲的看著自己白骨般的左手，這真的是他現在的寫照。

但是，他從來不需要別人的同情和憐憫。

他高傲的抬起下巴，眼睛變成了深綠色，裡頭對姚茜茜的憐惜全然消失。

「真是太對不起了。我也沒想要把你夢成這樣。要怪就怪你當初拿我去逗路易，還持刀威脅我吧……」

嘰哩咕嚕一陣雜音，路德維希高傲的外表下出現一絲裂痕。

他真是高估了她的智商。

「你能下來說話嗎？仰著脖子好累——」姚茜茜繼續喊道。

路德維希撫了撫他額邊的碎髮，難道這女孩就沒發現，一直是她在自言自語嗎？

姚茜茜生氣的扠腰。在一堆白骨上裝什麼冷豔高貴！

「喂，我不知道站在一堆白骨上有什麼值得驕傲的……雖然有句古話說得好，一將功成萬骨枯。不過你在乎這些嗎？」

她一直認為，那個喜歡什麼事都自己做的男童是極其驕傲的。

一般如此驕傲的人，他會為了自己的目標，哪怕是殺人放火，也在所不惜。至於什麼殺人做惡夢、心生懺悔之類的事，是絕不會發生在他身上。

那他為什麼還要站在那堆白骨上？

路德維希姣好的半邊臉上，嘴唇微勾。他微微朝姚茜茜彎了身子，一臉期待她繼續猜測。

「喔──我明白了。這座白骨山是你的功勛牆，每一具白骨，都代表著你的榮耀對不對？」

姚茜茜靈光一閃，說道。

路德維希的笑容更盛，他不需要同情和憐憫，當然也不會給敵人同情與憐憫。他沒想到，最瞭解他的人竟然是這個腦袋不怎麼好的小女孩。

路德維希朝姚茜茜勾勾白骨的食指，示意她上來。

姚茜茜後退一步，搖頭道：「那你就自己好好欣賞吧。其實我覺得你和海德里希一樣，有點變態。海德里希是任性的變態，而你是驕傲的變態……」

正常人誰會把殺人當榮譽啊！

果然啊，變態一家親！

路德維希彎著腰大笑，震顫得白骨紛紛往下落。

「我不是在表揚你啊……」姚茜茜一副「你真是沒救了」的表情，嘆了口氣，「這樣不好。這種性格會讓你錯過很多其他的體驗哦。」就如他錯過應該傻笑、搗亂的童年一樣。

「雖然我覺得你不會在乎這些，但是有些東西錯過了就錯過了，而有些則會抱憾終身啊！」

姚茜茜想起了那個不順眼的金髮女人。

路德維希應該很喜歡她，才會默默的看著她和路易在一起。他是那種如果不上心，連眼神都不會給的人。

明明很喜歡她，她卻最終成了哥哥的戀人，這難道不是錯過嗎？都可以想像他一定不屑和兄長爭女友，才會搞成那樣，要不然以路德維希這種自律善良的好少年，怎麼樣也比染上不知道什麼癮的路易強吧。

姚茜茜感慨道：「大概我們所珍視的東西不同吧……如果我有什麼目標的話，只要和辰染相衝突，我都會馬上放棄。因為實現目標就是一下子的成就感，不實現就是蹉跎歲月，而辰染卻可以相伴一生。怎麼看，都是後面比較值啊！」

「浮生若夢，我們還是追求點實在的東西比較好。」

姚茜茜幾乎可以肯定，像路德維希這種驕傲的人，心裡一定有更加驕傲的野望和理想。她不能理解他的世界，就像他也不能理解她一般吧。

路德維希覺得姚茜茜十分有趣，自己什麼話都沒說，她卻想了千轉百迴。他一直覺得她很容易看透，現在依然也這麼認為。可是她卻也看得清，明白自己想要什麼。

他越接觸越覺得她是個好女孩，活得如此明白。

瞭解你的，不見得是和你一樣的人，也可能是截然相反，卻簡單明透的那個。

路德維希在累累白骨上和姚茜茜聊了很久，雖然大多數的時候都是姚茜茜在大說特說，彷彿她終於找到了一個可以傾訴交流的對象，把自己內心的秘密和對世界的認知一吐為快。

所以幾個回合下來，路德維希就把辰染和路易的事瞭解個七七八八。

★※☆※★※☆※★

一夢終焉，路德維希好笑的轉醒。整理了下軍服，揮手讓屬下去聯繫那些人，終於是該收網的時候了。

他知道有一種異能，可以把兩人的夢境相連。

他不明白海德里希這麼做的用意，可是他知道了這些秘辛，對他倒是百利無一害。

他必須給五個家族一個交代，也必須消滅這些異常存在的喪屍。但是他會善待姚茜茜，許她一個一生無憂……

另一邊，姚茜茜滿足的睜開眼睛，內心裡藏著的話一吐為快，真是舒服！她在夢裡和路德維希聊了很多，包括她很花痴海德里希啦、路易也很可愛只可惜她先認識了辰染，還有她很討厭耿貝貝……

最最最重要的，是她大聲的告訴他，她很喜歡辰染！

雖然她也對辰染說過，可把這種喜歡的心情告訴其他人，彷彿是在向全世界宣告般的勇敢。

不管辰染是什麼，她就是稀罕他！怎麼樣！

所以，姚茜茜一起來，就吧唧了辰染一口。

正在怒視路易的辰染一呆，金色的眼睛都亮了，他超喜歡早安吻的說！

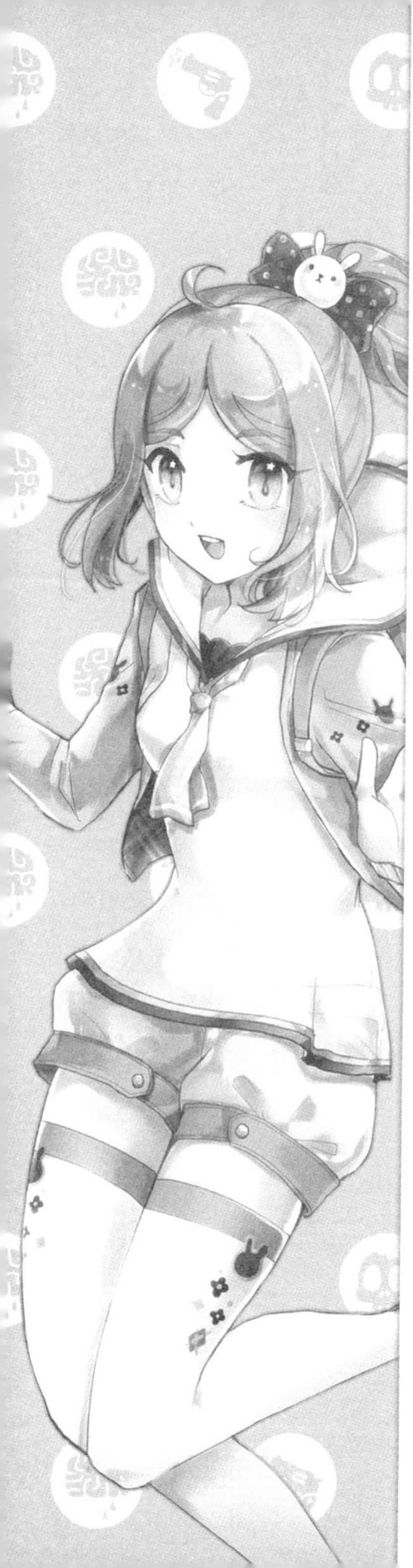

第七章 !

不論如何，她都要救她的辰染

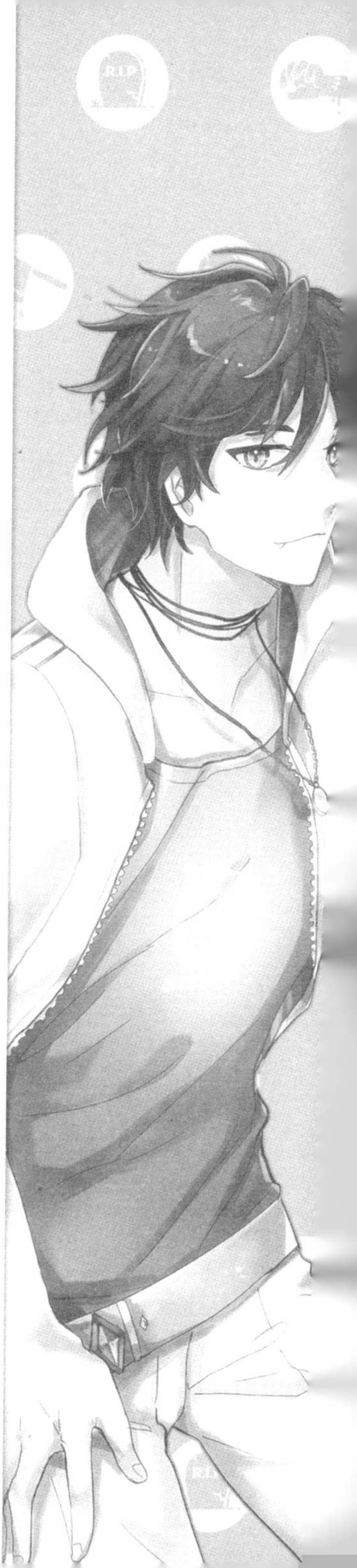

路德維希沉默的注視著這些和姚茜茜有過緊密聯繫的人。姚茜茜那麼簡單的女孩，本來是最好相處的，但只要和喪屍扯上關係，就會招來憎恨。想著那個和他聊著心底事的小女孩，那全然美好信任的笑容，他在心裡嘆息一聲，隨即有條不紊的布置起任務來。

「南娜中尉，請妳的人守在入口。」

南娜穿著一襲綠色軍裝，表情悲憫又堅定，「明白，將軍。」

路德維希點點頭。

「白珍珠將軍，請您與您的人守在13.14的位置。與南娜相互呼應。」

白珍珠老將軍行了一個標準的軍禮，臉上雖然露出笑容，卻氣勢磅礴，行禮也極其講究的遵守著舊制，「好的，路德維希將軍。」他應海德里希之命，全力協助路德維希。

路德維希以同等的軍禮回禮。

「凱撒隊長，麻煩請你守在最後的地方。」

「沒有問題。」凱撒一臉邪笑，黃玉似的眼睛耀著勢在必得的精光。他的腦海中浮現出昔日戰友的音容相貌，他能為他們做的就只有手刃敵人，用對方的頭顱來祭奠他們。

他見過辰染一行人的錄影，深知姚茜茜對辰染來說意味著什麼，只要得到姚茜茜，辰染只有被消滅這一種結局。

「我們一定會替那些死去的朋友報仇雪恨！」耿貝貝上前一步，堅定的說道。

路德維希稱讚了下她的決心，又言：「切勿感情用事，聽從調令。」

耿貝貝面容嚴肅，腳跟一碰，行了個禮，「是的，將軍！」

路德維希雙手拄著枴杖，用緩慢沉穩的聲音說道：「雖然我們沒有低級喪屍對死亡的無畏，也沒有高級喪屍超凡的能力，但是我們會團結奮戰，直到最後僅存的一人。」

「為了自由，為了人類不屈的信念，為了死去的戰友，為了我們重要的人，流盡我們最後一滴血！」

「全人類都會銘記你們偉大的犧牲！」

南娜、凱撒、耿貝貝的眼中，綻放出了不同的、卻同樣耀眼的光輝。只有白珍珠將軍淺笑不語，用包容柔和的眼神看著這些身處棋局的棋子們。

海德里希正在另一個房間裡，穿著白色軍禮服，靠在高背椅上，晃動著手裡的小棕瓶，好笑的看著這場鬧劇。

——親愛的Vati，希望你喜歡這個禮物。

★※☆※★※☆※★

當所有人都在按計畫就位的時候，另一邊，姚茜茜正被辰染抱著親。

地洞裡漆黑一片，姚茜茜只能感覺到辰染不斷落下的冰涼嘴唇和滾燙濕潤的舌頭。

辰染不再滿足只是親姚茜茜的小臉，他拱進她的頸窩，慢慢啃咬。姚茜茜怕癢的咯咯直躲，辰染越咬越歡，越咬越使勁。

他發現了姚茜茜耳朵上肉嘟嘟的小耳垂，它的構造是那麼奇特，白白嫩嫩的一小點，隨著姚茜茜的動作在朝他顫抖著招手。辰染不客氣的一口含進嘴裡，拿牙齒細細啃噬。

姚茜茜細小的呻吟一聲，酥酥麻麻的，讓她體內一下子就熱了起來。

一瞬間，辰染和被踢到一旁的路易就聞到了一股香甜的氣息在空氣中瀰漫開來。

他們同時露出了難以自持的神色。

「茜茜，茜茜！好香啊。」辰染加重了嘴裡的力道，「茜茜，越來越香了。」

「茜茜，再香一點，再香一點！」辰染的腦袋紛亂，將姚茜茜抱得越來越緊，不住的拿她的腿來蹭自己的胯間，牙齒也越咬越用力。

喀哧一聲，姚茜茜痛叫，辰染口腔裡立刻血氣濃郁。

然後，什麼香氣也沒有了……

辰染心疼的舔了舔被他咬破的耳垂，認錯態度良好的低頭，任憑姚茜茜拉扯他的頭髮。

路易蹲伏在一旁，也沒好氣的瞪辰染。本來他等一會就能趁兩人沉迷的時候分一杯羹！現在可好，什麼都沒了，茜茜還受了傷。

【辰染你到底會不會啊！】路易懷疑的問道。

【會什麼？】辰染皺眉。

【上茜茜！】

姚茜茜炸毛，捂著耳朵警告：【路易，不許兒童不宜！教壞辰染怎麼辦！】

【怎麼上？】辰染虛心求教。

【我示範給你看？】路易眼睛彎成月牙狀，晃動著骨翼，壞壞的說道。

【不用！】辰染立刻拒絕。

【對，不用！聽到沒，路易？敢教辰染做壞事，我就再也不理你了！】姚茜茜抱緊辰染，生怕辰染向路易學壞了，那樣她多尷尬、多害羞啊！

現在就挺好！和辰染親親摟摟抱抱就好，滾床單什麼的高階技術，留給別人去做吧！

【茜茜……】路易立刻討好的保證絕不教辰染。

【我們還是做正經事吧！喪屍召集得怎麼樣了？】姚茜茜覺得她必須轉移話題。

【還有一天。】路易搶先回答。

【太好了！終於可以走出這個黑漆漆的地方啦！】姚茜茜高興的拍手。

【嗯。】辰染敷衍的應著，腦子裡全是剛才被灌輸的畫面，【那現在，來上茜茜，上茜茜！】

說完，就把姚茜茜往地上推。

【都是土！好髒！】姚茜茜四肢齊用的抗議。

辰染一個翻身，讓姚茜茜坐在他的身上，得意的說：【這樣就好了。】

姚茜茜感受到與自己完全不同的男性身體，臉色刷的一下子就紅透了。

【快讓我下去！】她掙扎著。

辰染壓低姚茜茜的身子，搜尋著她的那些記憶，先來個舌吻！

辰染微微闔上血色的眼，觸及到那軟糯香軟的嘴唇。

姚茜茜掙扎無果，只能任憑辰染再次品嘗。

就在兩人要加深這個吻，沉浸在美好的感覺中的時候，姚茜茜的身子突然爆出了金色的光！

這抹金光將姚茜茜全身包裹住，照亮了黑暗的地洞。光像要吞噬她一般，將她的身體慢慢蠶食，變成虛無。

路易和辰染都是一愣。

「辰染！路易！」姚茜茜看著自己慢慢消失的身體，害怕的大叫。

辰染趕緊把她緊緊的摟在懷裡，卻阻止不了她消失的速度！

「茜茜！茜茜！」辰染眼睜睜的看著姚茜茜慢慢的消失在懷裡，變成一抹光亮。

「茜茜——」辰染凶相畢露，脖頸上鼓出一條條青筋，金色眼睛中染滿了暴虐，對天長吼。

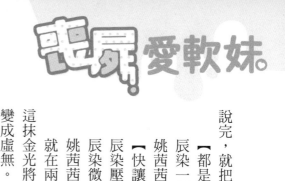

路易倒退了數步，紅眸無神，無法承受姚茜茜突然不見的現實。然後像想起什麼似的，將骨翼伸展到最大，上面的每一根骨刺都微微作響。

——把我的茜茜還來！

★※☆※★※☆※★

姚茜茜本來被辰染緊緊的摟在懷裡，身後卻突然一空，讓她跌倒在地上。

「許久不見，歡迎，姚茜茜女士。」路德維希筆直的站在監視器前，看著監視器，背對著姚茜茜說道。

姚茜茜看看四周，擺滿了螢幕，每個螢幕裡都有一個景象，像是一間監控室。

「路德維希？這裡是哪裡？」

「妳忘了嗎？南娜他們親自把妳接到這裡。」

「咦？」姚茜茜仔細的看著那些監控畫面，卻毫無印象。

「我曾經的基地，路易最初被關押的地方。」路德維希勾起嘴角，耐心的解釋道。

「啊！」最初見到路易的地方嘛，那個地下基地。她還以為已經被那群喪屍毀了。

在這裡她還受過傷呢！

「我怎麼會在這裡？」姚茜茜警惕的問道，她剛才明明和辰染在一起。

「坐下來，別著急。慢慢看。」路德維希伸出戴著黑色皮手套的手指，點了點旁邊的椅子。

姚茜茜後退幾步，覺得路德維希的語氣很有問題。他們應該是敵人，讓敵人看的東西一定不怎麼好！

她二話不說，拔腿就往門口跑，卻怎麼也拉不開那扇門。

路德維希輕嘆一聲，先坐下來，等著好戲開場。

姚茜茜看逃跑無果，眼珠開始轉，想著路德維希擄她來到底有什麼目的。想起辰染曾經為了保護她而不惜讓自己受傷的往事，姚茜西一下子明白了對方的險惡用心。

試了試，幸好自己和辰染的心靈對話沒有被切斷。她不會讓他們得逞的！

【辰染，你放心。我沒事！】姚茜茜說道。

【茜——茜——妳在哪裡？在哪裡！】

姚茜茜從來沒有聽過辰染如此冰冷的語氣，好似冰山下蘊含著無盡的怒焰般。

【我不能告訴你，辰染。他們就是要利用我對付你！乖乖執行我們說好的計畫。我有機會就逃跑，回去找你！】對辰染吩咐完，她不忘向另一屍強調：【還有路易，也要聽話！】

然而，回答她的是此起彼伏的嘶吼聲。

【這次一定要聽我的！辰染、路易！讓那些低等喪屍來，他們一定在這裡布下了很多陷阱，

讓低等喪屍來踏地雷啊！】

路德維希看了一眼姚茜茜豐富的面部表情，真像影的報告上所寫的，他們之間有一種不被打擾的通訊模式。

結果是，路易乖乖聽姚茜茜的話，去指揮喪屍。

而辰染卻孤身前往。

辰染從來沒有乖乖的聽姚茜茜的話，這次當然也不例外。他根本不允許有人可以偷走茜茜。不管是陷阱、是陰謀，還是讓他粉身碎骨，他一刻都無法忍耐和茜茜分開。

當姚茜茜緊張的發現，辰染這傢伙不聽話的進到了門口，還朝監視器威脅的吼叫，她氣結。雖然她很多次的決定是錯誤的，可這次很對好不好！

——為什麼要來！

當看到門口埋伏好的火藥把辰染炸得面目全非的時候，姚茜茜流著淚，緊緊的捂住嘴，她不敢再和辰染說一句話，她怕分了他的心神，卻又忍不住在心底乞求他回去。

——辰染，你確實很厲害，是最厲害的喪屍。可是你面對的是一群人啊！一群和你有著血仇的人。他們會不計代價、無畏生死的要你的命。人類這個時候是最可怕的……

姚茜茜求路德維希放過辰染。她抓著他軍服上衣的衣角，姿態極其卑微的希望他能放過辰染。哪怕是放她出去也好。

但他憑什麼放過辰染呢？

對她來說，辰染是她的生命，是她的一切；可是對路德維希而言，辰染只是一個敵人，必須消滅的敵人。

姚茜茜曾經羨慕過電影《金剛》裡的女主角，覺得可以有一個為自己打飛機的戀人，是件幸福又拉風的事。可是現在她才明白，如果真的相愛，又怎麼會讓戀人去冒生命的危險。

那感覺真是心如刀割。

姚茜茜看著辰染失去一條胳膊才殲滅了南娜的部隊。沒有喪屍的補給，辰染拿起那隻破碎的胳膊，安置了回去。

她知道辰染一定是受了很重很重的傷，才不得不重新安回原來的肢體。

辰染，她的辰染啊！

她無法直視被攻擊得殘破不全的辰染！

辰染的恢復速度越來越慢，可對方的攻擊卻越來越猛烈。

姚茜茜猛然想起一件事，她使勁的擦掉眼淚，在各個監視器裡尋找這裡全部的布防。結果，她看到了耿貝貝和凱撒，看到了潛伏在各個房間裡的異能者，看到了通往監控室的路，根本是一條死亡之路！

姚茜茜不停的後退，眼睛失去了焦距。他們怎麼這麼想讓辰染死呢？

她必須要救她的辰染！

姚茜茜眼神慌亂的尋找著監控室裡的物體，那柄橫放在桌子上的長刀吸引了她的注意。

路德維希只覺得背後一痛，倏然回頭，對上了姚茜茜滿含淚水，害怕、歉意又堅定的眼神。

路德維希從來沒想過姚茜茜會傷人。他很瞭解她，她是一個連蟲子都不願傷害的人，她可以包容辰染去殺任何人，也可以叫囂著殺這殺那，可其實她做不到。

他想對她說，她不用內疚自責哭泣，反正他也是個活死人。可他什麼都說不出口，任何一點輕微的傷口，都足夠要了他這苟延殘喘的命。

姚茜茜面無表情的抽出染血的長刀，用這刀不停的去砍門鎖，卻無濟於事。

她砍了一會，回頭去看監視器，卻發現辰染倒在地上，四肢皆斷，還不斷的蠕動著朝她的方向前進。

而他的前方，是無數的異能者。

耿貝貝和凱撒也從他們的防守之地朝辰染倒下的地方趕去，好像希望能在最後補他一刀似的……

姚茜茜雙目一紅，覺得自己的腦袋炸開了。

【路易、路易！快去救辰染啊！】

看著白珍珠將軍把槍對準了辰染的頭，姚茜茜目眥盡裂。

身體一熱，姚茜茜突然聞到濃重的火藥味——她已身現當場！

白珍珠將軍和眾人的動作皆是一頓。

【茜茜……】辰染金色的眼睛立刻柔和了。他更加努力的上前，想要擁抱她。

但這時他才發現，沒有了手臂，無法擁抱他的茜茜了。

姚茜茜立刻什麼也不想的就撲上去，用身體護住辰染的頭。她知道，只要他的腦子不受傷，他就還有救！

【路易！路易！快來！】

白珍珠將軍嘆息一聲，依然舉起了槍。

雖然海德里希曾經吩咐他不許殺死姚茜茜，可現在犧牲了這麼多人，這隻喪屍必須死。

槍聲響起，姚茜茜緊緊的抱住辰染的頭，閉上了眼。

子彈穿透了姚茜茜單薄的身子，打進了辰染的頭顱裡。姚茜茜被子彈的衝力帶倒在辰染的身上，嘴裡噴出鮮血。

「茜茜！」

路易控制著一大批喪屍趕到，他的腦子裡深刻印出了姚茜茜所受的疼痛與痛苦。

姚茜茜緊抱著辰染，陷入了昏迷。

海德里希在另一個房間裡狂笑，他等待的就是這個時刻。

紅色眼睛迸發出妖冶的藍光，他將自己的異能提升到最高。在辰染重傷之下，他企圖侵入到辰染的意識裡——他會控制辰染親手殺死姚茜茜，以作為他送給父親的臨終禮物！

白珍珠將軍和凱撒、耿貝貝已經做好了迎擊另一隻喪屍的準備，可是沒想到那隻喪屍帶來了難以估計的龐大屍群。

在面對浩如煙海的屍群時，他們也聞到了死亡的味道。

不過，這些事情姚茜茜是不會知道了……

★※☆※★※☆※★

路易看著姚茜茜汩汩流血的腹部，不知道如何是好，只能抱起她和辰染的軀幹，迅速飛出人類基地。

辰染可以死，但是茜茜不可以！

路易隨手把辰染扔到一邊，將姚茜茜小心的放在床上，彎下身，舔著她不斷冒出來的血液。

一天之後，姚茜茜強大的恢復力就發揮了作用，她幽幽轉醒。

兩天之後，姚茜茜已經可以進食、下地走動了。

三天之後，她和路易一起托腮，等待著辰染甦醒，並讓路易做苦工，為辰染獵來高級喪屍。

幸虧辰染的本能還在，只要把血肉放在他嘴裡，他就能自動咀嚼。

十天之後，辰染的身體已經恢復如初，可他還是沒有醒來。

姚茜茜急得團團轉，路易跟在她屁股後面，享受著這美好的兩人世界。

一個月後，辰染終於醒了！

辰染緊抿著嘴，警惕的看著在眼前放大了臉的一人一屍。

而另一邊，基地的人也忙得團團轉，他們的領導人——海德里希終於醒了！

海德里希醒來第一件事，就是掀開被子，跳下床，朝著天怒吼：「茜茜——」

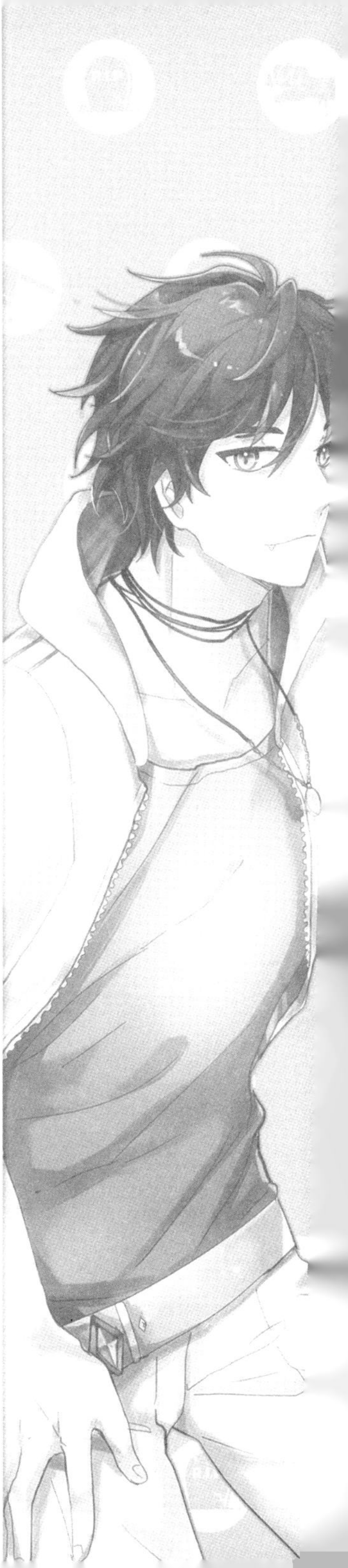

第八章 ！ 此辰染非彼辰染

海德里希因為從小的訓練，不管面對什麼嚴峻的環境都能做到面不改色。他本來是想用異能給親愛的 Vati 一個痛苦無比的臨終禮物，可誰知出了問題，不僅他的願望沒達成，還被姚茜茜這個笨蛋抓來了。

不過，聰明的海德里希馬上發現，姚茜茜和路易並沒有把他當成敵人，尤其姚茜茜還一臉擔心的表情。

海德里希暗暗的檢查了下自己，發現自己沒有脈搏也無呼吸，饒是他再怎麼不動於山，也不由得全身一僵。他知道自己的異能有個不大好的地方，就是容易被精神力強於自己的人反噬，而反噬的後果之一就是意識發生互換。只不過他至今沒遇到過敵手，就把這個異能後遺症忘記了。

海德里希突然微微一笑，他難道來到了辰染的身體裡？這真是太好不過的事了。他不懷好意的看向姚茜茜。

姚茜茜驚喜於辰染醒來，可看到醒來的辰染後，她卻感到很疑惑……

為什麼她對辰染有了陌生的感覺？

姚茜茜強壓住內心翻湧的不安，繼續激動的站在床邊，問他的身體狀況。

被自己異能換進辰染身體裡的海德里希，瞬間就可以折磨死姚茜茜，可在那之前，他需要先關心一下自己。

海德里希不理會一臉殷勤的姚茜茜，翻身下床，可他剛站起來就發現不對勁，感覺下身空蕩蕩的，低頭一看……這讓受過良好貴族教育的海德里希羞憤難當，當場發瘋！

——妳就這麼對待我敬愛的Vati？連條內褲都不給穿！

海德里希深吸了幾口氣，冷豔高貴的對姚茜茜抬抬手，「給我找身能穿的衣服來。**裡外**都要。」一重點咬字，裡外。

辰染一提要求，姚茜茜當然馬上去辦。

「我馬上就找來，辰染乖乖躺著。」姚茜茜輕推辰染，讓他躺下。

海德里希驚恐的發現，自己的胳膊有意識的圈上了姚茜茜，下巴蹭著她的頭頂。沒等海德里希把她推開，姚茜茜已經先掙脫了他的懷抱。

「乖乖的哦！」姚茜茜揮手告別，向路易說了幾句，被抱著從窗戶邊飛離了這個房間。

海德里希看著姚茜茜消失的地方，下巴微抬，金眸寒光點點，身子坐得筆直。他不知不覺的雙手環抱上自己，臉上泛起紅暈，好似在體驗剛才香軟入懷的觸感……然後猛然一頓，像趕蒼蠅似的把剛才的旖旎拍散。

這不是他的感覺！海德里希嫌惡的攥緊了拳頭。該死的，他一定要儘快解決她！

沒多久，姚茜茜抱回來一大堆衣服，攤在海德里希面前，任他挑選。

路易彎著眼，像無尾熊一樣抱著姚茜茜不撒手。他好喜歡這個辰染！以前的那個都不讓他碰茜茜！還是現在的好！

路易從辰染一醒來，就發現了此辰染非彼辰染，雖然長得一樣，但氣息卻變了。可他沒打算告訴姚茜茜，因為這個辰染更符合他的期望！

海德里希嫌棄的瞥了眼這些地攤貨，拿手指翻了翻，抬頭怒斥：「我說了裡外都要！」

姚茜茜一手拿襯衫，一手拿外套，解釋：「這個是裡面的，而這個是外面穿的。」她可是不遺餘力的完成辰染交代的任務哦。

海德里希再次深吸一口氣，把鋒利的指甲逼回去，「我需要內褲。」

姚茜茜呆了呆，「你從來不穿的……」

海德里希差點露出本性，他壓抑住，「現在想穿。」很難理解 Vati 怎麼能受得了她……這麼笨！這麼遲鈍！

「好吧……」姚茜茜覺得辰染醒來以後，變得有些暴躁任性。

大概是傷到腦袋的緣故……

可是她還是覺得不對勁，但哪裡不對勁卻又說不上來。她再次仔細的看了看辰染，金色無瞳孔的眼睛、硬挺的身體，沒有什麼不同和異樣。

姚茜茜是絕對不會想到這世上還有如此坑人的異能反噬後遺症，僅憑她的肉眼凡胎，自然是看不出什麼。何況身體沒變，本能的聯繫還在，她更是無法辨認了。

她再次被路易馱著，去幫辰染找內褲。

看到自己想要的衣物被找回來後，海德里希禮貌的請姚茜茜和路易出去，自己換衣。

【路易，我覺得辰染醒來後變得好怪啊。】在門外，姚茜茜對路易說道。

【辰染挺好的！茜茜！】路易抱住姚茜茜，陶醉的說。

路易特意提了下辰染的名字，讓姚茜茜以為對方確實是辰染。

姚茜茜看路易都沒發現辰染有什麼異樣，那就是自己多心了，於是她推開路易，認真的說道：【我們需要想個辦法！】

【想辦法！】路易應和道，又摟上姚茜茜，蹭來蹭去。

【重傷初癒的患者，要怎麼做才有利於他恢復呢？】姚茜茜相信應該是傷了腦子的緣故。

【恢復呢？】路易只是跟著重複一聲。

海德里希感受著他們倆的對話，覺得路德維希敗在這種喪屍手裡，簡直是他們家族的恥辱。

挑挑揀揀，穿戴好衣服後，海德里希刷的一聲打開門，居高臨下看著蹲在牆邊的兩人。

姚茜茜看著對方，一愣。平常幫辰染穿衣服，完全只是遮羞的需要，能穿上就可以了，尺寸搭配什麼的她全沒在意過。可是現在的辰染——海德里希，那是名門之後，自然品味不凡。尤其是配上他貴族般矜持高傲的氣質，姚茜茜從來沒覺得辰染這麼帥過！

海德里希優雅的捲起襯衫袖子，露出裡面結實的肌肉，姚茜茜的眼神就有些發直。

海德里希抬抬下巴，「帶我去洗澡。」

姚茜茜立刻拉著路易的手，機械的在前面帶路。

她不時的朝後面偷瞄。她都快不認識辰染了，他怎麼好像海德里希似的，有一股貴族少爺的味道。這樣子的辰染讓她好難接近吶！

姚茜茜直接把海德里希帶到了附近的湖邊。

海德里希揮退姚茜茜和路易兩人，脫了衣服，好好清洗這個身體。

姚茜茜趴在一堆喬木裡，偷看辰染肌肉結實的背、挺翹的臀。臀上有兩個性感誘人的臀窩。湖水撩到身上，水滴順著肌肉的曲線滑動，直到滑進那臀縫間。

姚茜茜看得直吸鼻子。

【路易，你說奇不奇怪，原本辰染光著讓我看，我都不看。現在他不讓我看，我反而在這裡偷看。】

【茜茜，要看我的嗎？】路易作勢要撕衣服。

姚茜茜扭過頭去，【不用了，你哪裡我沒看過……】

海德里希聽到此對話，殺氣盎然的瞪向姚茜茜所在的位置。

姚茜茜眨眨眼，【被發現了嗎？】

【被發現了！】路易肯定的點點頭。

姚茜茜皺眉，但是看到路易露在外面的骨翼，嘆氣。

【我們就當沒被發現好了。】姚茜茜鴕鳥似的四處看風景。

路易跟著姚茜茜看。

海德里希臉色青黑，草草的擦乾淨身子，洩憤似的穿著衣服。

——你們能不能再蠢一點！豬一樣的對手！路德維希也是豬！

海德里希整理好衣服和髮型，什麼也不說了，感受了下辰染的力量，右手化成刀，就向姚茜茜和路易襲去！

姚茜茜看辰染主動接近自己，便上前擁抱。

海德里希等反應過來的時候，已經把姚茜茜穩穩的抱在懷裡，還撫著她的背。

——這該死的身體！

海德里希暴走，殺不了姚茜茜，殺路易也好。殺了路易，看誰還能保護這個蠢蛋，讓她在這裡被喪屍吃掉，呵呵！

金眸紅光一閃，海德里希推開姚茜茜，攻擊路易。

一場雙屍對戰再次拉開序幕。

姚茜茜則在一旁嘆氣。

海德里希大戰路易三百回合，發現無法傷之毫釐。路易同樣也無法傷到他。

海德里希快瘋了！

「辰染乖乖的，我們回去吧。」姚茜茜拉著海德里希的胳膊說，「你身體剛好，小心傷口再次裂開。」

海德里希意難平，發現只要姚茜茜碰他，他的身體就會不受控制的跟著她走。他只好內心瘋狂掙扎、外表卻面無表情的被姚茜茜拉走。

路易纏上姚茜茜另一條胳膊。

姚茜茜挽著兩人，高興的迎著陽光，在林間漫步。

左側美男氣質高貴，面容俊美；右側俊男一臉忠狗樣，相貌英俊。兩者擠著中間矮矮小小的一個普通小女孩，說不上來的愜意美好。

這麼和諧的時候真的很少，姚茜茜十分肯定辰染一定是壞了腦子，他明明是一見路易碰她就不依不撓的主。

「啊，我們去泡溫泉吧！」姚茜茜猛然想起了療養的好辦法！

姚茜茜抬臉，對辰染笑著徵求意見。

海德里希只覺得身體一燙，抱住姚茜茜的頭就開始猛親。

媽的！海德里希抓狂的想虐殺姚茜茜一萬次！這具身體怎麼回事！

姚茜茜一笑，他就想上她……不對，是Vati的身體想上她！

海德里希用盡了全部的意志力，才堪堪的離開姚茜茜的嘴唇。然後他驚悚的發現，Vati長長的舌頭卻伸出來，欲求不滿的舔來舔去。

姚茜茜閉眼承受。

姚茜茜一臉忍耐的模樣，讓海德里希的身體又燙了三分——舌頭舔得更歡樂。

等海德里希終於控制住這該死的舌頭時，只覺得全身脫力，站都站不穩了。

「辰染，你沒事吧……」姚茜茜擔心的上前。

海德里希大步躲遠。

路易羨慕的在一旁咬手指流口水。

【茜茜，我也要！】路易求吻，將臉伸過去。

【不行！路易。】姚茜茜推開他，堅定拒絕。

路易透過姚茜茜手指的縫隙四處亂舔，骨翼搖得嘎吱嘎吱響。

就在此時，一隻埋伏的高級喪屍突然現身，海德里希和路易一愣。

海德里希只覺得嘴裡唾液迅速分泌，一起和路易撲了上去。然後，他悲哀的看著這個身體，和路易搶著分吃一個面相十分不好的屍體，還嚼得非常的香……

吃一個青黑流油、長著屍斑的腐臭屍體，他表示不能接受！

海德里希十分想回到自己的身體裡！

次日——

「好了，辰染、路易，我們出發吧。」姚茜茜查了一晚上的地圖，決定向東邊的溫泉療養院進發。

「怎麼出發？」海德里希皺眉。

「走路啊！」姚茜茜想了想，還是讓路易抱起了自己。

「徒步？」海德里希沒想到他們還用這麼原始的旅行方式！他整理了下衣領，說：「我去找輛汽車。」

姚茜茜和路易怪異的看著他。

海德里希邁著長腿，在公路上搜索著可以用的汽車。

「好了，你們快來開車。」海德里希雙腿交疊的坐在某輛跑車的後座，霸氣的命令道。

「這個……我們都不會啊……」姚茜茜為難的說。

海德里希動作一僵，「現在還有人十六歲不會開車？」反問句。

「我不是這裡的人啊！在我們那裡，四十八歲不會開車也正常啊。」姚茜茜無辜的攤手。

海德里希看向路易，朝他抬了抬下巴。

姚茜茜上前替其說明：「辰染，你不會指望讓路易來開車吧？」

海德里希捏爛了車窗框。

最後，海德里希不得不親自開車。

踩離合器，換檔。

突然喀吧兩聲清響，離合器被踹爛，排檔桿在海德里希的手裡，被升至半空……

海德里希只覺得自己的額頭青筋直冒，一個用力，鋼鐵所製的超豪華跑車排檔桿被他捏成了粉末……

姚茜茜擔憂的看著辰染，【路易，辰染好像傷得不輕，變得好笨。】【好笨！】路易覺得他們折騰的這些時間，早就到溫泉了！

海德里希終於忍不住了，也不顧什麼禮儀，像一隻憤懣的喪屍一樣仰天長嘯。

姚茜茜和路易一同抬頭，擔憂的望向他。

★※☆※★※☆※★

另一邊，從海德里希身體裡甦醒過來的辰染，正三番兩次的想突破這個怪地方的防禦，去找他的茜茜。他現在既感覺不到茜茜的存在，又全身虛弱，使不上力，他需要吃喪屍來補充能量。

而這裡的人類食物卻總是拿奇奇怪怪的東西來餵他，還用一種極細的武器讓他意識消失！

藍道夫基地整個醫療組異常擔心的看著他們的領導人，自從海德里希將軍醒來，已經不吃不喝好幾天了。人是鐵，飯是鋼啊！他們只能為他輸葡萄糖吊著他的命。

而海德里希將軍還三天兩頭的拖著病軀往外跑，他們只好強行替他打鎮定劑。

真的好擔心好擔心他們的領導大人啊！

★※☆※★※☆※★

路易一手抱著姚茜茜，一手提著海德里希，飛去了溫泉之地。

姚茜茜心疼的看著垂頭喪氣的辰染，摸摸他的頭，安慰他不要傷心，誰沒有變笨的時候……

海德里希發現自己的頭有意識的去應和姚茜茜的撫摸，可天知道他是想把它擰下來！

但是所有的揮拳都會變成擁抱！海德里希即使用辰染的大招也動不了她分毫！好像姚茜茜面對他的攻擊全都免疫！

海德里希沉默下來，他不再想著如何殺死姚茜茜，因為要讓她受到傷害有很多種辦法！

還沒等海德里希發揮他的智慧，他們的去路就被一隻女喪屍擋住了。

女喪屍飄在半空中，目光如死水般看著他們。

路易紅眸一瞇，趕緊降落到地面，隨手扔掉海德里希，展開骨翼將姚茜茜護在身後。海德里希輕巧的站穩，看向女喪屍熟悉的面容，微微有點出神。

姚茜茜扒著路易的翅膀，觀察著這隻搖搖晃晃向他們走來的女喪屍。

他們見過面。這隻女喪屍曾經大鬧白珍珠將軍的基地，還在人類軍隊追捕他們的時候，幫過他們呢！但她看上去有點不對勁，全身泛紅，尖尖的牙齜著，不停的朝天嘶叫，尤其她眼角的紋身，像要燃燒起來一樣。

路易舔了舔嘴脣，做出左手拿叉、右手拿刀狀，等著合適的時機吃掉這個大補的食物。

海德里希則久久無法言語。

那熟悉的倩影，懷念的回憶……

過去的記憶在他的腦海裡翻湧，他們一家人竟然以這種方式再次相遇……真是諷刺。

海德里希不管如何心硬如鐵，面對滄海桑田，也難免感慨。只是這種感慨稍縱即逝，很快他就露出了意味不明的微笑。

他無意識的捏緊拳頭，看向正在進化中的女喪屍，他終於有機會親手殺死這個跟他爭奪Vati的人了。

原本因為血緣，他只能暗恨，現在她變成了喪屍，他正好有了理由。

海德里希暗中開始適應辰染的身體，在一旁等待著最佳的攻擊時機。

而這時，路易看準機會，猛撲過去！可還沒碰到女喪屍，他就飛了出去，撞折了幾棵樹才勉強墜下來，又翻滾了幾下才停住。

姚茜茜囧了一下，沒想到這隻女喪屍這麼強大，路易連她的衣服邊都沒摸到。

姚茜茜踮腳關切的望去，關心的詢問路易有沒有事。路易暈乎乎的甩了甩頭上的木屑和土渣，豪邁的向姚茜茜擺手，表示他一點事都沒有。

一次攻擊不成，路易並不放棄，他立刻張開骨翼，發動第二次攻擊。

就在這個時候，女喪屍突然停止嘶叫，無風自動的頭髮也飄然垂下，眼角紋路隱去，進化完成了。

這次路易飛到半空，骨翼一搧，無數骨刺憑空出現，射向女喪屍。

而女喪屍藍色無瞳孔的眼睛裡露出一絲不屑，輕抿著嘴，飄在原地一動不動。在骨刺就要擊中她的一瞬間，她的身體像信號不好的電視畫面一樣，變得扭曲半透明，骨刺像擊中空氣般穿過了女喪屍，直直的插入地面！

巨大的爆炸聲響起，地面被炸開一個大洞！

姚茜茜直接被骨刺爆炸的熱浪掀翻，圓潤的滾了又滾。

【茜茜。】路易俯衝下來，抱住姚茜茜，阻止了她的翻滾。

幫姚茜茜拍塵土的路易很鬱悶：這叫什麼事？攻擊沒傷到敵人，卻波及了茜茜！

海德里希眼神一閃，變成喪屍的她真是出奇的厲害啊……

海德里希也研究過很多喪屍，路易在這些擁有心智的喪屍裡是比較高階的，尤其他還進化出骨翼。喪屍對空中作戰很弱，占領制空權是非常大的優勢。如此看來，他不能輕易出手了，這具身體可沒有什麼空中技能。

【路易，我們快走吧。】姚茜茜擔心的說道。這隻女喪屍只是動動小指頭就能擋下路易的進攻，明顯兩人的實力不在同一個層次上啊！碰到比自己強的敵人，撤退才是最不找死的選擇。

路易有點不情願，他對這個大補品默默流著口水，好久沒碰到如此美味的食物了。

姚茜茜看著路易一臉嘴饞的深情望著那隻女喪屍，只想嘆氣，誰是誰的食物還不一定呢！她不管一臉不情願的路易，催促著路易快走，別等到女喪屍放了大招，那時候才是真的走不了。

姚茜茜有些為難的看向離他們很遠、一直在袖手旁觀的辰染。她現在已經知道這個傢伙絕對不是辰染了。他表現得這麼明顯，對他們的疏離，像貴族一樣的穿衣品味，以及陌生又裝著複雜情感的眼神。

但是莫名的，在察覺這個人不是辰染的時候，她並沒有想像中的傷心。

姚茜茜看著辰染冷漠的面孔有些難過，可也只是難過。她能清楚的感覺到辰染還活著，只是不知道他現在在哪裡，是不是和眼前這個擁有辰染身子的陌生人一樣，意識在別人的身體裡？

姚茜茜很好奇這個占著辰染身體的人，忍不住問了路易：【他到底是誰？】

路易不高興了，沒想到茜茜這麼快就察覺到眼前這個辰染有問題。明明一樣的長相，一樣的討厭……

【不知道。】路易乾脆的回答。茜茜既然看出來了，他也不會繼續隱瞞，可他根本不知道眼前的人是誰。

【……】姚茜茜已經非常習慣路易的思考模式了，路易說不知道，肯定也知道了眼前的人不是辰染。

說不定他早就知道了。

換成原來的辰染，路易才不敢這麼大剌剌的接近她吧！雖然過去也一直找機會接近她，但是辰染嚴防死守得厲害。或許換成現在這個辰染，路易一直在暗自高興呢！難怪剛開始她問他辰染有沒有不對勁的時候，他說挺好的。

姚茜茜有了一種深深的挫敗感，連喪屍的智商她都快比不過啦！

姚茜茜和路易的對話不過幾分鐘，海德里希卻不屑的掃過這兩個人，心道：大敵當前，你們也能發呆！

而海德里希一轉眼，發現喪屍女王也在空中發呆。

果然喪屍的智力低下……海德里希邊感慨，邊迅雷不及掩耳的發動了攻擊。

身為擁有高智商的人類，海德里希很好的判斷了眼前的形勢，並果斷的實行偷襲。也正因為他的裡子是人類，才不知道喪屍發呆不是在憋大招就是在聊天……

而顯然，路易在聊天，女喪屍在……

錯誤的以人心判斷屍心的海德里希，右手化刃劈向女喪屍的同時，女喪屍的大招也立刻放了出來！

路易轉身就護住姚茜茜，氣浪和爆炸聲撲面而來，姚茜茜只覺得飛沙走石、天崩地裂，比剛才路易被打飛出去要厲害好幾倍。

——這個辰染夠倒楣的……

——同樣是攻擊女喪屍，顯然女喪屍更討厭他……

海德里希的衣服瞬間變成破布，可辰染的身體十分強壯，這麼強的攻擊竟然毫無感覺，身體沒有任何傷口。

這種新奇的體驗讓海德里希很驚訝，高級喪屍的強壯超過了他的想像，真讓他有點愛不釋手。更讓海德里希興奮的是，路易的攻擊全部無效，而他的普通攻擊就讓女喪屍臉上掛了彩！

煙塵散去，姚茜茜也發現女喪屍臉上出現了一條深深的疤痕，橫亙在她美麗的臉上。

——辰染果然很厲害……不僅自己毫髮無損，還讓女喪屍受了傷！路易可是沒辦法打破這隻女喪屍的防禦。

——不過打人專打臉，可真是夠惡趣味了。

一個念頭一閃而過，姚茜茜有點猜出辰染軀殼裡的意識是誰了。

——說不定是個熟人呢！

想到這裡，姚茜茜不由得又擔心起真的辰染來。

他的身體在這，那麼他的意識跑到哪裡去呢？

意識混亂，是因為重傷的緣故嗎？

難道對方也是受了重傷，然後因為某種契機，兩個人的意識互換了？

姚茜茜倒是希望如此，因為如果兩個人是互換的話，只要問問現在的辰染，就能知道她的辰染去哪了。

就怕不是互換那麼簡單。

——如果辰染落到了其他人身上或者穿越時空，那就再也找不回來了……

一想到永遠無法見到辰染，絕望般的悲傷幾乎把她淹沒。

姚茜茜輕輕的拍了拍臉，讓自己清醒一下。她能感覺到辰染，雖然不知道具體位置，但也不會是隔著時空，等對付完這隻女喪屍，她就和現在占著辰染身體的意識攤牌，向他詢問辰染到底去了哪裡。

海德里希看到自己的攻擊效果卓越，馬上乘勝追擊，發動新一輪攻擊。

女喪屍撫上自己臉上的傷痕，不但沒有因為受傷而惱怒，反而嘴角翹起，好像發現了什麼有意思的事。

就在海德里希再次使用技能撲來的時候，意想不到的情景出現了——

飄在半空中的女喪屍落地，一陣影像扭曲，女喪屍的身影消失，取而代之的是和辰染一模一樣的喪屍站立在海德里希面前！

包括海德里希在內的一人兩屍，都有一瞬間的靜默。

這是什麼情況？

又一隻辰染！

海德里希雖然驚異了一下，手上的攻擊卻沒有停。

女喪屍幻化成辰染的身形後，立刻攻向海德里希。這次和上次不一樣了，海德里希不但身上開始掛彩，而且逐漸招架不住喪屍女王的攻擊。

姚茜茜看愣了，因為兩隻喪屍長得一模一樣，又如殘影般快速互毆，根本分不清誰是誰，她就是想請路易幫忙，都不知道要路易幫哪個。

姚茜茜到底捨不得辰染的身體受到創傷，萬一辰染還能回來呢？

【路易，你能去幫一下這個辰染嗎？】姚茜茜還是斟酌的開口了，她覺得喪屍之間應該有辨別的方法，當時也是路易先認出辰染不同了。

【哪個是？】路易誠實的問道。他對姚茜茜的話，還是能聽進去的。

【你也不知道嗎？】姚茜茜驚訝的看向路易。

【不知道。】路易也配合的看向姚茜茜。

兩人面面相覷。

【路易當時不是分辨出辰染不是原來的辰染了嗎？】姚茜茜問。

【現在這兩個都不是原來的。】路易篤定的說。

姚茜茜明白了，路易能知道辰染的意識被換了，卻不知道被換成了什麼。所以面對同是辰染相貌、卻都不是辰染意識的兩隻喪屍，他就分辨不出來了。

姚茜茜擔心的看著前面血肉橫飛的戰局，她覺得這隻女喪屍實在太厲害了。先前女喪屍明明不管是攻擊還是防禦都不是辰染的對手，可是一變成辰染的模樣，就輕輕鬆鬆的破防強攻了。

這個變化絕對不會僅僅是外表上的，力量估計也被同時繼承了。

姚茜茜想了又想，路易打不過女喪屍，換了芯的辰染勝負難料，畢竟不知道女喪屍還有沒有其他能力。而這隻女喪屍顯然不是和他們偶遇……

這種情況還是先逃比較好啊！可她又不清楚哪個才是辰染的身體……

「辰染，不要和她戰了，太危險啦！趕緊逃！」

姚茜茜喊完就示意路易他們兩個先走。

路易除了對待辰染一事上容易消極怠工，其他事對姚茜茜是百依百順，言聽計從。所以姚茜茜一說，即使他認為還有法子對付這隻女喪屍，也立刻捨掉這個大補品，帶姚茜茜飛走。何況他真的一時不知道該如何對付不能破防的她。

於是，趁著海德里希和女喪屍混戰，路易抱著姚茜茜飛走了。

他們的決定是多麼的明智，要知道女喪屍就是來收服他們兩個的。

比起其他除了吃就是趕緊吃的高級喪屍，這隻女喪屍難得擁有了人類的智商和謀略，她清楚的認識到人類和喪屍是天敵，不死不休。她要做的就是滅絕人類，屍變藍星。可其他的高級喪屍沒這麼高的覺悟，看到同是喪屍的她，只有吃掉這一種想法，根本不會想先聯合起來對付人類，再解決內部矛盾。

所以說，也無愧此女喪屍被稱為「喪屍女王」，光思想就甩了其他喪屍好幾條街。

而她的能力也很強，對地對空皆熟練，防高血厚，攻擊力爆表，還有能奴役高級喪屍、隨意改變自身形態這些變態的技能。

路易在喪屍裡也算是戰鬥力不凡的了，再加上有姚茜茜，絕對能在喪屍裡排前幾名。可是他仍突破不了喪屍女王的防禦。

辰染倒是因為某種特殊原因，似乎相當剋她。可是喪屍女王一個特殊的形態變化的技能，直接幻化成辰染的樣子，使兩人站在同等級的防禦攻擊線上，而且她還能使用其他技能，所以仍是辰染吃虧些。

更何況，現在辰染的身體裡是海德里希的意識呢，更加無法發揮辰染本來的實力。

喪屍女王奴役高級喪屍的技能需要在對方重傷下才能使用，一旦成功，辰染就生是她的人，死是她的鬼了。跟網遊裡捕捉來的寵物差不多，只有為主人賣命的分。

所以辰染的狀況其實很危險，雖然他現在裡面住著海德里希，可誰說得準什麼時候他們又換回去了呢！畢竟既然能換過來，自然也能恢復。

當然，這些事姚茜茜並不知道，她和路易飛到安全的地方後，又後悔沒把辰染一起帶走。

雖然她現在已經知道辰染身體裡住著別的靈魂，可那畢竟是辰染的肉身，損壞了吃虧的還是辰染——說不定什麼時候他們又換回來了呢！

你說姚茜茜為什麼沒想到辰染可能被魂穿了呢？就像現在流行的重生穿越，辰染其實已死，現在的辰染身體裡已是陌生的異界靈魂。

要知道，姚茜茜本身也是穿越來的啊！

姚茜茜之所以篤定辰染沒死，只是被換了靈魂，除了前面說到她天然的感覺——感覺到辰染在某個地帶存在之外，還有就是現在這個辰染的舉手投足間讓她有點熟悉。

而且隨著時間推移，猜測就越清晰起來。

【路易，我們能回去偷偷看戰況嗎？即使裡面換了靈魂，但肉體損傷，終歸對辰染不好。】姚茜茜斟酌的對路易說道。她也知道路易跟辰染不和睦，可外敵當前，他們要團結啊！

【不好。】路易乾脆俐落的拒絕。

其實在姚茜茜說出話的同時也有點後悔了。一看路易和女喪屍的對戰就知道對方比較強，他們如何能做到偷偷回去呢？要不是那個辰染攔住女喪屍，還不知道他們會被虐成什麼樣呢！回去就是找死。

可是若不回去，她又擔心辰染的身體被破壞。

於是，姚茜茜只能像困獸般在原地轉圈，不知如何是好，而路易則一臉陶醉的享受著兩人獨處時光。

即使只是看著姚茜茜充滿活力的樣子，他都很滿足啊！

★※☆※★※☆※★

另一邊，真正的辰染正飽受著一群人類的折磨——

一大堆醫生湊在臥榻旁，苦口婆心的勸他進食。

辰染很餓，他想去逮喪屍吃，哪怕是低級的也好。可是身體沒有力氣，還有人攔著他、讓他動彈不得。辰染對著這群人類吼叫，他的茜茜不見了！這群愚笨的食物竟然敢阻止他去尋找！

「將軍！將軍你有什麼事跟我們說啊！不能再絕食下去了……」領頭醫生老淚橫流。

「我要茜茜！」辰染掙扎著吼道。

「好的，將軍，您不用擔心，我們一定不辱使命，找到茜茜！」
辰染動作一頓，這麼好差遣……
「我還要吃肉！血淋淋的！」辰染再次要求。
「馬上、馬上！那個誰，快幫將軍烤個五分熟的牛排來！」
辰染安靜了，下意識的撫了撫頭髮，圍著餐巾等食物。
不一會，熱騰騰的、被烤得外焦裡嫩的、帶著血的牛排配著洋蔥圈就端了上來，還有一碟開胃小菜，以及一碗清淡的湯。辰染面無表情的想抓起肉就吃，可身體卻有記憶似的，優雅的拿起刀叉，熟練的切成一塊塊，小口小口的放進花瓣般嬌豔的嘴裡。
辰染發現之前那種永遠無法滿足的飢餓感竟然被填平了。這可真奇怪。就好像一直向著燈塔游泳的人，燈塔突然滅了，一下子就失去了人生的意義！
不過很快，飢餓感又回來了！
因為他吃完沒一會就吐了。
對於一個久病初癒的人，吃這麼葷腥的東西，不吐才怪！
辰染邊吐還邊看著那些人類自動送來的姚茜茜的消息，直到嚴重的疲憊把他帶入黑暗。辰染終於折騰慘了海德里希的身體後，睡著了。
自有人幫他們的將軍拉好被子，吊上點滴。

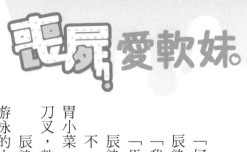

這些忠誠的下屬並不知道，此刻他們真正效忠的人，正與喪屍女王鏖戰……

★※☆※★※☆※★

海德里希在看到姚茜茜和路易飛走後，無法描述當時自己的心情。

他有一點是明白了，那一人一屍知道他不是辰染。

以姚茜茜固執的性格，如果是辰染，她絕對不會自己先逃走的。

不過他也應該想辦法脫身了，辰染的身體他並不能熟練使用，敗跡已顯。

可是喪屍女王厲害得超過他的想像。海德里希找到機會脫身後，一直沒辦法擺脫喪屍女王的追捕，不管他藏到哪裡，喪屍女王都能很快的找到他。

幸運的是，他現在所在的身體是喪屍，根本不會疲倦，只是總追來追去讓他心煩。

僵持的狀態沒持續太久，海德里希便想到一個不錯的辦法。他這具身體對姚茜茜似乎有種天然的感知，他能很清楚的知道姚茜茜現在的位置，而另一隻強力的高級喪屍必定也在。既然他一個人對付不了喪屍女王，只好再叫上一個了。

海德里希順著感知往姚茜茜的所在地移動過去。

★※☆※★※☆※★

此時的姚茜茜和路易，就在附近找了個落腳處，徘徊起來。

姚茜茜是不知道該怎麼做。她不知道真正的辰染在哪裡，而唯一可能的線索是假辰染，但是假辰染生死未卜啊！她那點可憐的智商最近被她蹂躪得越發少了。

路易倒是很歡樂，他現在一家獨大，不能再更幸福！

因為一直是定居狀態，倒是給了找他們倆的幾班人馬很好的機會。

這天，姚茜茜正和路易像前幾天一樣，在空曠的草地上擺了張桌子，吃午飯。

野餐的感覺比在屋子裡好。因為屍變過了這麼久，早就沒有清潔人員了，在人類居住的地方哪裡都有股似有若無的腐臭味道。不如空曠的野外，氣味好些。

姚茜茜正舉著筷子往嘴裡放食物，而路易在一旁陶醉的看著她。突然有人喚她。姚茜茜放下筷子，覺得聲音有些陌生。她抬頭望去，只見衣衫不整的海德里希竟然一邊跑、一邊向她揮手，後面還跟了一堆軍人。

那熟悉的眼神……

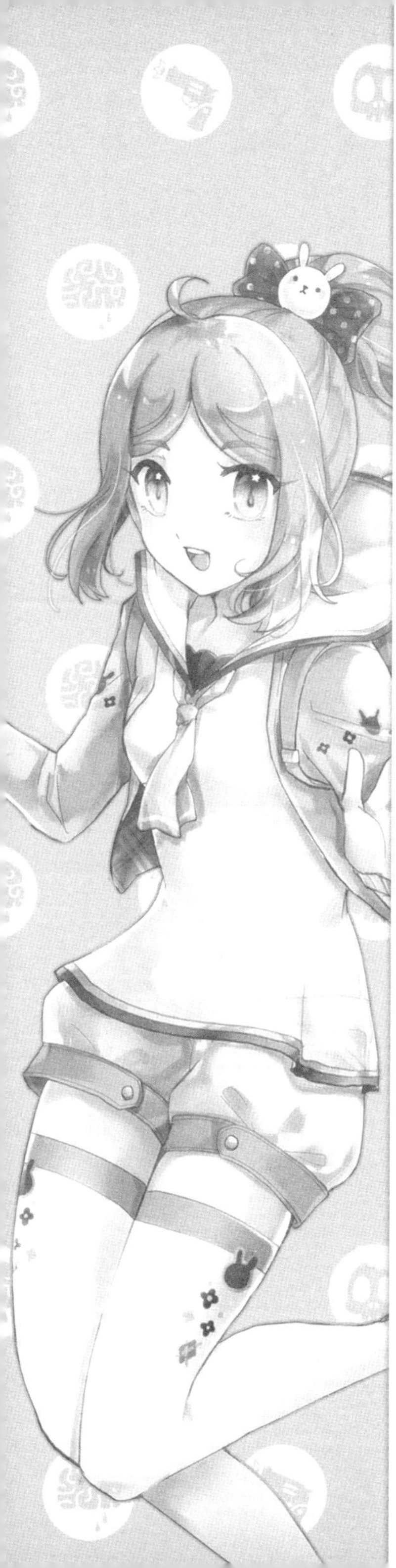

第九章

親，我們不能這麼玩人家的身體！

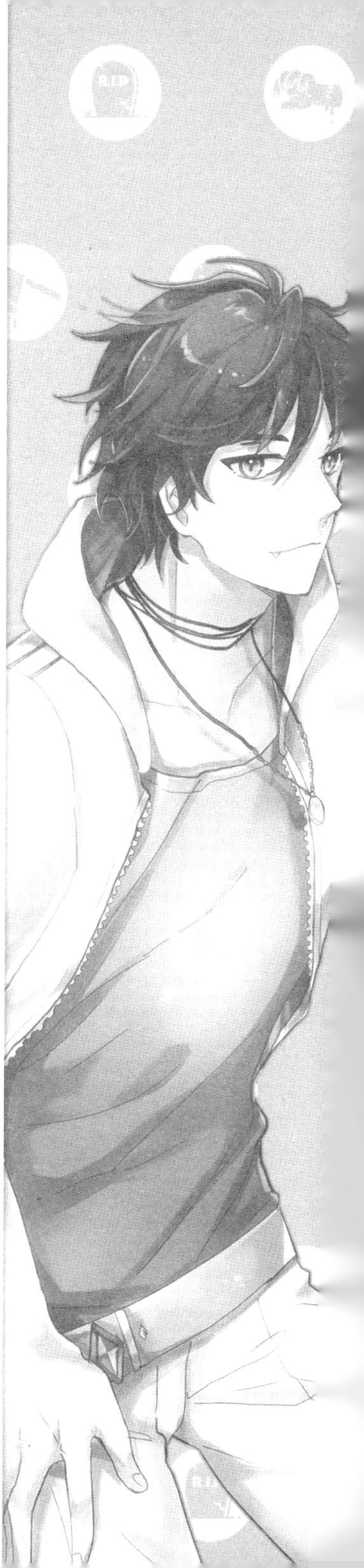

姚茜茜驚訝的看著眼前詭異的場景，這是什麼情況！

「茜茜！」辰染甩開礙手礙腳的人類，撲向茜茜。

姚茜茜看著海德里希搖搖晃晃的身形，餓得面黃肌瘦的臉蛋，眼睛卻紅得發亮，好像終於找到珍寶般執著又單純，越看越心疼，越看越眼熟。

姚茜茜只覺得身體先於意識撲了上去，緊緊抱住他虛弱的身體。

「辰染！」

對的，這才是辰染啊！

沒想到他竟然到了海德里希的身體裡！

最開始，她不能第一時間認出辰染身體裡已經不是原主，那也是因為她從來沒有往意識交換這方面想過，可她也很快發現原辰染的異常。

而當真正的辰染出現時，即使他是海德里希的樣貌，她還是第一時間就認出了他。

雖然換了樣貌、變了氣質，可辰染的眼神一直沒變，那只能看到她一人的熾熱眼神！

辰染四肢虛浮，反摟住姚茜茜後，就往她的身上倒。他是不覺得有什麼不舒服，還想伸出舌頭舔姚茜茜。可是，舌頭是伸出來了，卻搆不到姚茜茜的下巴。

辰染皺眉，鄙視了下這個身體：舌頭這麼短，不好看、功能少！

他身後的一大堆侍從看著將軍的身子往前倒，都想去接。

姚茜茜也趕緊大力的支撐住他。

「辰染，他們虐待你啊？」姚茜茜透過辰染，看向那群小心翼翼的人群。看著不太像，他們反倒警惕的看著她和路易呢。

辰染就算站不住了，也難以阻擋他想要親姚茜茜的心。或者說，他很少關心這個身體，還把自己當喪屍看呢。

他繼續挨挨蹭蹭親親。

「……」姚茜茜只好抱著辰染，不知道說什麼才好。

雖然是被海德里希的身體占便宜，可只要辰染喜歡就好，她那點小不自在可以忽略。

可辰染親著親著，身子就往下倒。

「辰染？辰染！」姚茜茜只覺得辰染越來越重。

原來是辰染吻夠了，這些天趕路的疲憊就湧了上來，慢慢的吻著吻著就睡著了。

一大堆忠心的侍從幫著姚茜茜一起接住暈倒的辰染，好似在搶救珍寶似的。

姚茜茜乾脆坐到地上，把辰染的頭放在自己的肚子上，看著他滿足的勾著嘴角微笑的睡姿，心疼的摸摸他的鬢角。

路易木然的看著辰染占姚茜茜便宜，一動不動。在他眼裡，一個食物而已。難道他會因為一個漢堡去舔姚茜茜，就對漢堡生氣嗎？

辰染帶來的一大堆下屬，站也不是，動也不是。

他們的將軍暈倒在一個陌生的少女懷裡，這沒什麼，可少女旁邊杵著一隻有骨翼的高級喪屍，就有點驚悚了。

他們雖然也帶來了異能者，拚一拚還是有希望全身而退，可是將軍挨著喪屍太近了，要是傷到他怎麼辦？他們的將軍已經很虛弱了，折騰不起啊！

【茜茜，繼續吃！】路易看姚茜茜跪坐在地上，摟著一個食物半天不動彈，就建議道。

【路易，先不吃了。我在思考事情。】姚茜茜高深莫測的看向路易。

她覺得還是不要讓路易知道現在辰染在海德里希的身體裡比較好，人類很脆弱，路易殺掉他根本是瞬間就能完成的事。

她可沒忘記海德里希對路易生前死後幹的缺德事。有海德里希做外表，再加上路易看得不順眼的辰染做內在，簡直是路易最討厭的存在沒有之一啊！

路易有些不解的歪頭看向姚茜茜，他沒有討厭這個食物哦。

姚茜茜大概是忘記了，路易也會讀她的心！

路易覺得茜茜真的好笨，能把一個食物認成辰染！不過這樣也好，食物總比競爭對手討他喜歡！因為他不高興了可以吃掉食物，可是競爭對手辰染卻傷也傷不到！

路易就這麼看著姚茜茜發起了呆，而姚茜茜也發呆的想著辦法。

辰染帶來的一群人發現不管是喪屍還是人類女孩都不動了，只好也陪著他們發呆。

就在這時，引著喪屍女王的海德里希也趕來了。

本來一地的靜默瞬間像冷水下油鍋一樣炸了起來。

「好多喪屍！」一名下屬臉色如同便秘的喊道。

海德里希也發現除了姚茜茜和路易，還有其他人在。尤其他看到自己的身體躺在姚茜茜懷裡，更有說不出的鬱悶——好像被占了便宜的感覺！

海德里希冷豔高貴的朝他昔日的下屬揮了揮手，「你們回去！」

那群人類齊刷刷的無視他。

海德里希怒，右手變成刀刃，就要秒殺掉這些不聽話的奴僕。

「海德里希，他們怎麼會認識你！」姚茜茜有點無奈的看著海德里希要攻擊這些人類，忍不住開口。

「連我都認不出來，留他們何用！」

「你以為他們都像我這麼聰明，能看出你們的不同啊？還有，你要殺去一邊殺，不要吵到辰染睡覺……」

姚茜茜低頭，疼愛的摸摸辰染的側臉，瞧這小臉瘦得……一點都不像他了。轉念一想，這臉本來就不是他的呀！她突然意識到自己其實在摸海德里希……

臉一黑，姚茜茜趕緊收回手。這時候，她才看到緊跟海德里希而來的女喪屍，便露出了驚訝的表情。

原來海德里希並沒有打贏女喪屍啊！

海德里希不跟姚茜茜廢話，對著路易說道：「給我上。」

姚茜茜：「……」海德里希真是霸氣側漏，讓她不服都不行，她都不敢這麼指揮路易……

路易當然是不鳥他。

海德里希也習慣路易像狗一樣聽話了，忘記眼前的這位已經變成了喪屍，再也不受他控制。

海德里希輕咳一聲，換了種說法：「喪屍女王的目標可是你和我。你打不過她，我也是，我們聯手才有贏的可能。」

路易對此表示沒興趣，他蹭到姚茜茜身邊，也要求抱抱。

海德里希瞬間明白，以他卓越的智商，是說不通這隻沒腦子的喪屍的！

喪屍女王追著海德里希而來，樂了。她發現要找的另一隻喪屍也在！比起難對付的海德里希，路易容易多了。

於是也不等海德里希引她去攻擊路易，她就先去攻擊了。

路易一看那隻強力的喪屍衝自己來了，第一反應是帶姚茜茜逃走。奈何喪屍女王不愧是喪屍中的王者，沒給路易逃跑的時間。

路易倉促應戰。

海德里希看兩屍對戰起來，也加入戰圈，幫路易攻擊喪屍女王。

姚茜茜在一旁看得心驚膽戰，三隻戰力超群的喪屍混戰在一處，不說風雲變色，也是飛沙走石。她吃力的扶起辰染，架著他逃離這裡。

海德里希忠誠的屬下緊緊尾隨，到了相對安全的地方，就抬出準備好的醫療設備，開始搶救自家將軍。

姚茜茜被擠到一旁，擔憂的看著被插滿管子的辰染。

之前她見到的海德里希雖然沒有壯得像頭牛，卻也是有肌肉的小鮮肉啊！辰染進到海德里希的身體裡沒多久，竟然就把人家玩壞了……這讓她說什麼好？

不愧是她的辰染！

在不計成本的醫療資源搶救下，辰染終於醒了過來。

「茜茜～～」辰染醒來的第一件事就是對姚茜茜撒嬌。

沙啞乾澀的嗓音，濕漉漉的眼睛，都讓姚茜茜心疼不已。

姚茜茜上前握住辰染滿是針眼的手，深深的看向辰染，動之以情的說：「親，我們不能這麼玩人家的身體，會死人的！」

「茜茜……」辰染無辜的眨巴了下眼睛，他聽不懂她的話。

「先吃點粥吧……」姚茜茜覺得跟喪屍心人類身的辰染，無法解釋人類的飲食結構和飲食種類與喪屍的區別，因為他很可能聽不懂或者無視掉……

姚茜茜哄著辰染吃這碗十分不符合辰染審美觀的食物。

辰染強忍著宛如獅子吃草的不適，在姚茜茜親自餵飯中，吃了幾口。

「茜茜吃，我不吃。」辰染實在受不了這個食物的味道，將碗推給了姚茜茜，說什麼也不張嘴了。

姚茜茜也覺得辰染現在身體虛弱，不能吃太多，否則胃會受不了，就收了碗。

「辰染，我們等等路易？」

姚茜茜有點擔心路易，這個女喪屍看上去很強，即使海德里希和路易聯手，也不見得能討到便宜。可是辰染現在變成人類了，雖然海德里希好像有異能，但仍然不一定是女喪屍的對手，而且也不知道他會不會用。

海德里希使用辰染的身體倒是挺順暢，估計辰染用海德里希的也差不多。

「嗯。」辰染看向遠處的硝煙，難得想著等路易一次。

當然，辰染想的是他們分出勝負後他要分一杯羹，而如果路易被撕成渣渣就更好了。

果然，進了海德里希的身體，辰染的智商也直線上升了。

一個小時後，勝負揭曉——

路易和海德里希都被幹趴下。

看著躺在地上狼狽不堪的兩屍，以及高冷的立在一旁的女喪屍，姚茜茜：「……」

辰染看到女喪屍如此厲害，反而來了興趣。不過不是現在。他擔心戰鬥會波及到姚茜茜，所以決定先帶姚茜茜離開，再找機會ＰＫ她。

「走。」辰染坐起身來，對姚茜茜說道。

「不等路易了嗎？」姚茜茜望著被打得仰頭倒下的路易，於心不忍，他們算是家人吧，不好拋下其中一個呦。

但她是手無縛雞之力的人，辰染更是虛弱不堪的被插了一堆管子，硬拚也無勝算。

「換個更安全的地方等。」辰染避重就輕的說道。說服姚茜茜這種腦子不好的人，並不會太困難。

辰染不知道為什麼，自己現在竟然對姚茜茜的想法瞭若指掌，這和之前讀取她的思想不同。之前好像是在看湖面，而現在他能透過湖面看到湖底般，真是奇怪的體驗。

之前，他知道她在做什麼；現在，他知道她想要做什麼……

姚茜茜覺得辰染說得有道理。她擔心的看了一眼挺屍的路易，她心有餘而力不足啊！還是不要添亂的好。

於是她乖乖點頭。

辰染滿意的摸摸姚茜茜的腦袋，然後開始拔掉身上插著的管子。

可是喪屍女王不這麼想。她深知姚茜茜和這兩隻喪屍無法剪斷的羈絆，只要姚茜茜活著，這兩隻喪屍就不會好好的為她工作。

她必須殺了姚茜茜！

沒了喪屍的保護，殺一個脆弱的人類對她來說簡直易如反掌。

很快，辰染就感覺到喪屍女王對姚茜茜的殺意。幾乎在喪屍女王瞬移過來的剎那，辰染將姚茜茜護進懷裡，帶著滿身的管子就迎向了喪屍女王！

一切發生得太快，姚茜茜沒反應過來，就被辰染帶進了他的懷裡。

姚茜茜在辰染懷裡瞪大眼睛，而辰染的胳膊也因為喪屍女王的攻擊，血染了一片。

喪屍女王的指甲深深刺入辰染橫擋的胳膊裡！

變化太快，護在辰染身邊的下屬和異能者竟然一時間沒反應過來。

而讓辰染驚怒的是，喪屍女王一擊不中，根本沒有停息，另一隻手就抓向了被他護在懷裡的姚茜茜的背心！

招招致命，又狠又準！

辰染的身體根本反應不過來，他只能眼睜睜的看著閃著寒光的指甲接近姚茜茜……

辰染的雙眸瞬間充血，變成了紅色。

就在關鍵的一息之間，只見白光驟然在喪屍女王和辰染之間亮起，白光逐漸變得刺眼，周圍的人都忍不住閉上眼。

等光亮散去，只見喪屍女王一動不動的趴在地上，辰染也暈倒回了救護床上。

姚茜茜嚇傻了，從辰染懷裡鑽出來，擔心的扳過辰染的臉看。

「辰染！辰染你沒事吧！」姚茜茜看見辰染胳膊上的殷紅，只覺得眼睛辣痛。

一大堆下屬猛然回魂，趕緊上前推開姚茜茜，對辰染實行搶救。

誰都不知道剛才那一瞬發生了什麼，喪屍女王為什麼會倒下……而辰染除了胳膊上的傷，其他地方都沒有受傷。

姚茜茜也完好無損。

就在姚茜茜萬分擔心卻又幫不上忙的站在旁邊，緊緊注視著被插了更多管子的辰染時，她突然聽到一個熟悉的呼喚。

【茜茜……茜茜！】

【……咦？辰染？】

辰染進入海德里希這個人類身體後，他們應該無法心靈溝通啊……

姚茜茜奇怪的看向昏迷的辰染。

發現他青白痛苦的表情沒變，眼睛還緊閉著，好像隨時會生命消逝一樣。

【茜茜！】辰染看到姚茜茜不理自己，不高興的上前一把抱住了她。

姚茜茜突然感覺到有人從後面抱住自己，嚇了一大跳，還沒喊出來，就被那熟悉的感覺弄得愣了。

【茜茜……】辰染滿足的抱住姚茜茜，下巴頂在她的頭頂。還是現在的感覺好！前一陣子在的地方太怪！那個身體好麻煩！弱到不像話。

姚茜茜仰頭，就看到辰染的下巴。

熟悉的金色雙眸，熟悉的懷抱，熟悉的氣味……

【噗——辰染，你回到原來的身體了！】

姚茜茜驚喜的轉過身，主動摟住辰染的脖子。

【嗯，還是這個好用。】辰染彎了眼睛，雙手摟緊姚茜茜，伸出長長的舌頭，以非人的速度把她舔了個遍。

姚茜茜都來不及抗議，就滿臉口水了。

辰染看姚茜茜一臉呆呆的表情，趁機又舔一遍。

舌頭太好用，也是負擔啊！

姚茜茜趕緊抓住他亂動的舌頭，擔心的問：「剛才發生了什麼？」

上一秒他還在海德里希的身體裡，怎麼這一秒又回來了？難道是剛才的白光？

【不知道。】辰染不熟悉海德里希的異能，保護姚茜茜的一瞬間，他也不知觸發了什麼，就失去意識，等再醒來時，他就回到原來的身體裡。

辰染都說不知道了，姚茜茜更不可能想通。她表情複雜的看向被搶救中的海德里希，難道關鍵時刻他們換回來了？可是那隻女喪屍還倒在地上呢！

剛想到女喪屍，姚茜茜就發現在地上挺屍的女喪屍動了一下，嚇得她往辰染懷裡一縮。

辰染則一手攬住姚茜茜，一邊以看大補品的眼神看著在地上開始蠕動的喪屍女王。

辰染眼睛一瞇。

沒等喪屍女王完全清醒過來，辰染已經不顧形象的趴在她旁邊，開始啃她的腳了……

路易也很快的從挺屍狀態回魂，一醒來就看到辰染在吃獨食。他十分氣憤的飛奔過來，抓起喪屍女王的另一隻腳啃，而且啃得比辰染還要用力！

被晾在一旁的姚茜茜沉默了……

這時，喪屍女王猛然睜大眼睛，以割掉雙腳為代價，迅速脫離了被分食的困境。

「嘶——怎麼回事？」海德里希以手撐地，警惕的看著吃得歡樂的兩隻喪屍。

高級喪屍不是只吃喪屍嗎？

姚茜茜看著女喪屍露出高冷的表情，突然覺得有點不對勁。

——這個欠扁的表情有點像海德里希……

天啊，別是她想的那樣！

姚茜茜趕緊又瞄了插滿管子的海德里希一眼，卻驚訝的發現，本來一群忙碌的身影都不見了，只留下幾行輪胎印和一片被壓得東倒西歪的草地。

姚茜茜：「……」

他們什麼時候離開的！怎麼可以這麼訓練有素又悄無聲息！

姚茜西只好試探的問女喪屍：「你是海德里希？」

喪屍女王眉頭緊蹙，沒有回答姚茜茜，而是低頭審視起自己的身體。當她看到那橫亙在胸前兩個飽滿的凸起時，眼睛瞪得差點沒掉出來。

在她審視自己的同時，她失去的雙腳以最快的速度再生了。

姚茜西一直密切注視著女喪屍的表情，看到她像吞了蒼蠅一般嫌惡的表情就明白，女喪屍的身體裡是海德里希……

原因很簡單，如果是原來那個女喪屍，一定會簡單明瞭的告訴她是或不是。喪屍才不會想太多呢！

這真是個可怕的玩笑啊……

海德里希到底擁有的是什麼樣的異能，竟然能和別人交換靈魂！

不過也幸虧這樣，她的辰染回來了。

海德里希應該感到幸運他進的是女喪屍的身體，不會有姨媽之類的光顧，否則他只會更慘。

但是有個棘手的問題，女喪屍進了海德里希的身體……海德里希可是人類基地的幕後領袖，如果女喪屍想對人類不利的話，這次倒是簡單了。

而且，一隻喪屍管理人類基地，真的能管理好嗎？她好憂心！

更重要的是，如果女喪屍利用海德里希的異能，那怎麼辦？她不想再失去辰染了！

——必須想辦法阻止那隻女喪屍！

姚茜茜緊緊皺著眉，深思起來。

而辰染和路易還想繼續偷襲女喪屍，因為這隻女喪屍比他們想像的還要美味。

被虎視眈眈的海德里希也不傻，過了最初的震驚，很快適應了新身體，不等辰染再次攻擊，就先遁走了。

辰染和路易並沒有猛追，因為他們感到體內的力量正在翻湧——竟然在吃掉女喪屍的一隻腳後，他們要進化了！真不愧是實力超強的喪屍女王！

辰染抱住還在發呆思考的姚茜茜，和路易一起離開。他們需要找個地方，進行進化。

現在在這個獵殺高級喪屍的環境裡，找個安心進化的地方並不是件容易的事。喪屍進化等同身體再造，又是掉肉塊、又是新生的，場面血腥痛苦，而且喪屍本身在進化過程中更是脆弱。

本來他們找個完全封閉的環境就可以進化，但現在找屍儀器多種多樣，導致他們不僅需要一個封閉環境，還需要那個環境不容易被異能者發現。

於是姚茜茜建議一人幫另一人護法，一個個升級，安全又環保。

但很快被否定了。因為辰染和路易都不願意去升級而錯過挖牆腳──和姚茜茜獨處的機會。

【如果是這樣，那我和進化中的辰染在一起好了，路易幫忙護法。等辰染進化完了，路易再進化。】

辰染覺得可行，說起來茜茜還沒見過他進化呢。

路易眼眸一閃，慢慢的點了點頭，破天荒的沒有反對。就是他臉上的表情有點怪怪的，一看就知道有點走神。

姚茜茜欣慰一笑，終於解決了他們的升級大事！

★※☆※★※☆※★

三人很快就找到一間堆著貨櫃的倉庫，辰染挑好一個密閉的貨櫃，抱著姚茜茜就鑽了進去。路易緊隨其後。

【出去，我來。】辰染眼神危險的對路易說。

【不，我先。】路易表示也想和姚茜茜獨處。

辰染面無表情的瞄了路易一眼，見他賴著不走，也不費口舌，直接化作一灘血肉池，開始進化。

姚茜茜沒想到辰染會一點預告也沒有就開始進化，乍看一地恐怖的血腥，嚇得差點跳起來。

路易雖然慢了一拍，可他本來就打算來個先斬後奏——他先開始進化，以姚茜茜的性格，必定不會讓辰染進行了，然後就會盡心盡力的協助他。

所以他們前後只差了一息，進化開始，想後悔也來不及了。

這可嚇壞了姚茜茜，兩灘血肉的視覺衝擊力還是滿大的。

最後，姚茜茜和辰染、路易都一起關在貨櫃裡。姚茜茜只能祈禱不要有異能者找來。

有驚無險的度過了兩天一夜，姚茜茜縮在僅存的角落裡，眼睜睜的看著血肉如刷漆般，一遍遍的組合成軀體、肌肉、皮膚。

每一次喪屍的進化，就好像是一場破而後立的賭博。

血肉重塑，軀體新生——這是姚茜茜最大的感觸。

重新出現在她眼前的兩隻喪屍，對她露出了迷人的笑容。

姚茜茜看得一愣，她發現每次進化後，他們就更像人類一點。這次，他們的臉色變得紅潤，表情變得生動。

辰染和路易生前都是顏值爆表的類型，現在越來越像生前的模樣，姚茜茜覺得自己都有點不敢站在他們身邊了。

【茜茜。】辰染發現姚茜茜愣愣的盯著自己發呆，也不過來讓他抱，有些不高興。不過他還是原諒了她的不及時，順便還要給她一個驚喜。

辰染把自己的新能力展示給姚茜茜看，姚茜茜驚訝的看到辰染的眼睛竟然一瞬間變成了人類的——有瞳孔的眼睛！

這下子從外表上看辰染，就無法判斷是不是喪屍了。

【是不是像茜茜一樣～】辰染彎眼笑道，金燦燦的眼睛像初升的太陽，耀眼又輝煌。

姚茜茜直接被辰染俊美的容顏秒殺，呆住了。

路易在一旁看到姚茜茜竟然好這口，毫不猶豫的也擬態成人類，然後把臉往她身上湊。

他們這次獲得的能力，除了戰鬥力的強化外，就是擬態了——可以模擬人形生物的模樣。雖然沒有喪屍女王的擬態那麼逆天，但是作為偽裝是再好不過的了。

【辰染……】姚茜茜看著辰染，只覺得自己的心都要跳出來了。

第十章 ! 最後的歸處

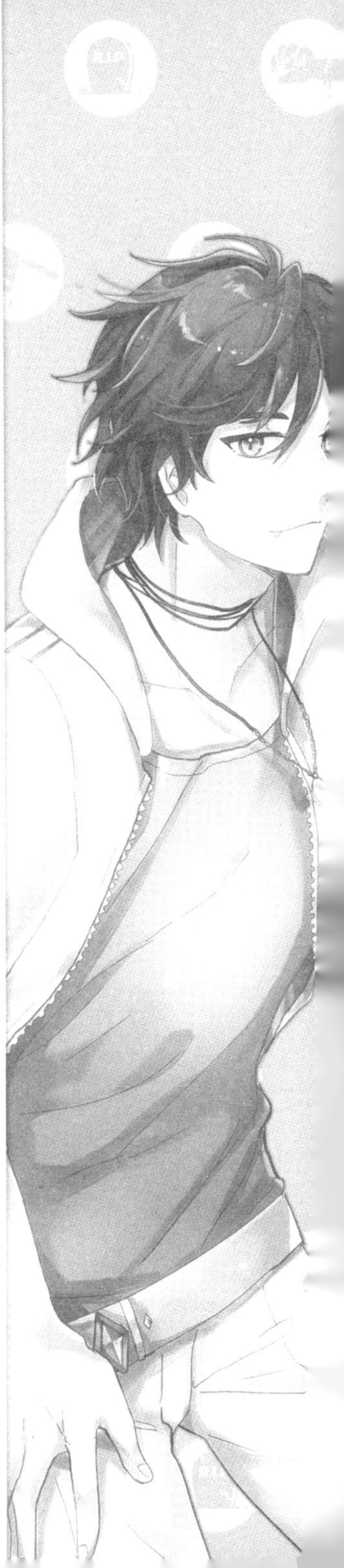

姚茜茜臉紅心跳的被辰染抱進懷裡，幸好她的腦子還不算完全當機，所以將自己一直憂慮的事情說了出來。

【辰染，你說奇怪嗎？自從上次被圍剿後，路德維希他們竟然沒了動靜。】這是她後來突然想到的。

路德維希費了那麼大的勁，集中了那麼多精英，布局害她和辰染，可是他們逃出去以後，對方竟然一直沒再有動靜。她是給了路德維希一刀，可就她那點小力氣，絕對不致命啊！

她一直擔心辰染，後來又有喪屍女王和靈魂互換的事，就把他們真正的危急忘了，現在想起來有點害怕。

其實對於路德維希，她就怕他那招隔空召喚，瞬間讓她離開辰染和路易，這絕對是踩住了他們的命門。

辰染一想起那名叫路德維希的人類，他的擬態一下子破功，變回無瞳孔的金色，深金色的眼睛裡全是濃郁的煞氣。

辰染不懼怕死亡，也不懼怕強者，他唯一怕的就是茜茜不在他身邊。

路德維希剛剛好踩到他逆鱗。不把路德維希完全撕碎，他怎麼能放心！

【茜茜，我們去找他。】辰染拍開路易伸向姚茜茜的爪子，站起來說道。

【找誰？】

【路德維希。】

雖然只是心靈通話，姚茜茜還是露出僵硬一笑。這句話殺氣好重。

【他應該在倖存者基地，不太好找。】

辰染面無表情的看向姚茜茜，盯著她不說話。

【而且還有一件重要的事情，海德里希也很危險！他現在身體裡面的靈魂可是那個女喪屍，就是能力超強的喪屍女王啊！他還會靈魂轉換……萬一再和你調換了怎麼辦？】姚茜茜被辰染看得發毛，硬著頭皮說道。

辰染想了想，原來有段時間是挺不舒服的，會痛會渴會相思，大腦裡那些複雜的東西每每都讓他有種承受不住的感覺。

所以，要一起撕碎。

辰染把海德里希也加入了黑名單。

姚茜茜看辰染皺了下眉，就變回了面無表情。這一副風淡雲輕的表情，姚茜茜就知道辰染的主意大體上是要將海德里希毀滅了。

被一隻喪屍惦記上，也不知道是不是這兩位表兄弟的不幸。喪屍簡單的頭腦裡，除了不死不休，就是不死不休啊！

★※☆※★※☆※★

姚茜茜被辰染帶著來到了東海岸的倖存者基地附近。經過一段時間的休養生息，原來被破壞的基地，現在又恢復了生機和秩序。

他們並不知道那一對表兄弟現在在哪裡，但如果姚茜茜猜得沒錯，海德里希本來就傷重，加上辰染在他身體裡的那段時間也沒好好休養，他應該挺虛弱的。

藍道夫要塞因為是地下基地，相對隱蔽又安全，雖然被辰染破壞過，但辰染大多數也是消滅阻礙他的人，不會破壞建築，八成海德里希在裡面。

他們先去了姚茜茜被擄走的地方，掰開那塊鐵板下去，發現被堵住了。因為在地下，辰染和路易強行拆除了幾下就地動不已，差點把他們埋在裡面。

這個入口是行不通了，他們只好去倖存者基地找入口。

幸好現在辰染和路易可以擬態成人類，混入基地應該不難。只是她……

上次就被隔離了，這次如果重蹈覆轍怎麼辦？

所以說，她這個真正的人類反而是拖後腿嗎？

想到這個她就鬱悶。

【茜茜，偽裝沒意思，讓屍群拓開路！】路易對付人類已經積累了不少經驗。

【不要。】姚茜茜拒絕。

雖然現在她和人類一方已經是不共戴天的死敵，可她內心深處仍是把自己當作人類，濫殺無辜這種事，還是盡量不做。

【我們還是在周圍先熟悉幾天，想辦法混進去吧。】姚茜茜商量道。

【不要。】辰染和路易堅定的拒絕了姚茜茜的建議。

他們喜歡簡單粗暴的方法。

【我們晚上混進去！】姚茜茜又改口道。既然辰染他們不喜歡浪費時間，他們就選擇一個比較容易作亂的時間。

兩隻喪屍想了想，點頭同意。

姚茜茜鬆了口氣，看著無辜人類被喪屍吃掉，她真心做不到，現在只冀望晚上她能想出辦法混進去了。

而姚茜茜不知道的是，辰染他們的真實想法是等晚上姚茜茜睡著了，他們再行動！

既然晚上想混進去，白天就要偵查一下，姚茜茜一行人在基地周圍遊蕩起來。

因為基地附近人類活動頻繁，招惹了不少喪屍過來。眾多喪屍擠著基地高大的圍牆群魔亂舞，偶爾基地裡面的人消滅一、兩隻不知如何擠進大門內的喪屍，場面蠻荒又絕望。

而在基地周圍附近，在龐大的喪屍群中穿梭的姚茜茜，總有一種她才是異類的感覺。

不過喪屍群顯然把他們都當成了同類。

那些低級喪屍見到辰染與路易，就像見了鬼似的迅速逃開。即使是姚茜茜，喪屍也做到了無視，好像把她當作是他們其中一員一樣。

在他們無聊的巡視中，有好幾撥人類邀請他們加入車隊，都被姚茜茜禮貌的拒絕了。

那些人類應該是看出他們有讓喪屍聞風喪膽的力量，就不清楚他們知不知道辰染和路易的真實身分了。

可姚茜茜沒有小看這些人類，畢竟現在也有了檢測高級喪屍的設備。與其跟著這些來路不明、心懷鬼胎的車隊，還不如他們三個人單獨行動。即使進入車隊可能可以簡單的混入基地，可是她不願意冒險。

雖然姚茜茜沒有察覺，但是辰染卻發現她那顆依然嚮往人類社會的心，他倒是不介意在哪裡生存，只要姚茜茜高興。可他擔心姚茜茜的智商不足以在滿是食物的環境下生存，她的智商比那些食物差太多。不過，幫她解決各種麻煩，看她一臉內疚自省的樣子也很好玩。

這時，又有一個車隊邀請他們。

【想加入就加入。】辰染笑盈盈的鼓勵。

【還是算了。】姚茜茜還是謹慎拒絕，【我們不適合和他們一起行動。】

【辰染也不適合和我們一起行動！】路易在一旁抗議。自從辰染回歸後，他和茜茜相處的時間直線下降。

辰染眼神一厲，一個眼刀就射向了路易。

眼看又是要打架的節奏，姚茜茜正想勸阻，突然前方傳來爆炸聲和人的叫喊聲，姚茜茜動作一滯。

三人一起往爆炸聲傳來的方向看去。

姚茜茜看到有幾個人影在一堆煙塵中蹣跚而來，她直覺應該要躲起來。現在在末世，沒有任何律法和規矩的束縛，大家戒心都很重，也更容易起歹心。若對方發現他們這種奇異組合，對他們來說也很危險。

可惜，對方已經發現了他們，竟然還拿出武器，做好了迎擊準備。

難道人與人之間的信任已經降低到這個地步了嗎？

姚茜茜有些滿頭黑線。

反正她也不想和他們遭遇，就拉著辰染和路易走了。

看她一副見死不救的樣子，對方卻收了武器，向他們求救了。

準確的說，是向辰染與路易。

其實辰染和路易的相貌還是很唬人的。俊美高大，又一臉冰冷，身上是喪屍特有的煞氣，當然也會被人類誤解為殺了很多喪屍的高手氣質……

姚茜茜本不想理會，只是對方朝他們的方向跑來，後面追殺的人也找過來了。

求救的是一對母女，外加一個小包子，姚茜茜之所以這樣肯定，是因為其中年輕的女子緊緊將小包子抱在懷裡，而年紀大的女子護著他們倆。

姚茜茜有點羨慕，也有點動了惻隱之心。雖然經驗教訓告訴她最好還是不要摻和，否則會後患無窮，可她最後還是停下腳步，對辰染和路易說道：【我們看看發生了什麼事？】

辰染和路易表示隨便，他們對姚茜茜複雜的情緒無法理解，可她想救，他們就救。

姚茜茜謹慎的盯著對方三人，等他們到了身邊，才發現後面追著的是一個男子。

「請救救我們，那個人想殺我兒子！」年輕的女子首先氣喘吁吁的開口，她身上都是一道道的傷口，汗水順著她的下巴往下滴。

姚茜茜眼中閃過鄙視，竟然欺負一個小孩！她知道現在異能的獲取方式何其殘忍，估計這個小男孩擁有異能，才會被人盯上，想要竊取他的異能。

這對母女以及她們懷裡的小包子，都期盼又緊張的看向姚茜茜——身邊的辰染和路易。

姚茜茜直覺告訴自己，救他們肯定會惹禍上身，可要她見死不救，她又做不到。

「你們躲到我們後面吧。」姚茜茜對他們說道。

這三個人眼神感激，動作迅速的躲到了辰染和路易的身後。

姚茜茜眼睛亮亮的看向辰染和路易，不用她開口，辰染和路易就出手對付追來的男子了。

剛開始姚茜茜認為，就算這個男子擁有異能，對於超強戰鬥力的辰染他們，也是不夠看的。最重要的還是二對一。

可讓姚茜茜驚訝的是，這個男子竟然在看到辰染和路易之後，呆了幾秒，立刻轉身逃走了。

她也能理解男子面對兩隻喪屍的恐懼。既然男子自己逃跑了，她就呼喚辰染和路易回來，可那兩隻有著喪屍的執著，不死不休。

姚茜茜呼喚無果，只好看著他們消失在視線裡。

「媽媽，我們沒事了。壞人被那兩個漂亮叔叔打跑了！」小包子從年輕女子懷裡鑽出來，眨巴著一雙大眼睛，模樣俊俏，脣紅齒白。

年輕女子疼愛的摸了摸小包子的頭，「是呀。那兩個漂亮叔叔救了我們！」她眼神中閃過一抹羞澀。

顯然這對母子都對辰染和路易很有好感。

姚茜茜心裡有點不舒服，雖然確實是辰染和路易打跑壞人，可好歹正視一下她的存在吧！在一旁和兒子一起冒心形物體，真的好傷人啊……

年紀大的女子顯然比那兩個要沉穩些，這時她感激的看向姚茜茜，「謝謝你們的救命之恩。要不是你們，我們祖孫三人就要死在那變態手裡了。」

姚茜茜順著她的話，瞭解起他們的情況。

那年紀大的女子叫蘇瀾，年紀輕的叫蘇琴。和姚茜茜猜的差不多，蘇瀾是蘇琴的母親；那個粉琢玉雕的小包子是蘇琴的兒子，蘇想想。而且她們都是單親媽媽。

那個男子之所以追殺她們，是因為蘇琴的兒子天生擁有異能，想讓小包子感染後，收集小包子的異能為己用。

她們逃跑得這麼狼狽，一是小包子的異能還不會很好的使用，二是母女倆是普通人，能逃過那男子的追殺完全是運氣。

「之前遇到一個車隊，多虧那個車隊異能者眾多，我們才能躲開他的追殺。後來車隊遇到屍群，我們走散了，結果這瘋子不知道用了什麼辦法，很快的找到我們。」蘇瀾解釋道。她擔憂的看向她的女兒蘇琴和她的小外孫蘇想想，她是沒什麼好活的了，可是她的女兒和外孫的人生才正要開始。

「那瘋子好像認準了要殺我們，無冤無仇，突然就跳出來，對我們窮追不捨。」蘇瀾嘆氣。

姚茜茜卻不這麼認為，世上沒有無緣無故的執著，要不是對自己有利，要不是對自己不利，才會導致生死追殺。

不過這些都和自己無關，姚茜茜能對他們施以援手，已經是最大的善意了，她可沒打算攬下保護他們的責任，畢竟她本身也很弱啊，她只是仗著辰染和路易的強悍。

因此她不想總給辰染和路易惹事。

「那你們以後要小心了。」姚茜茜決定和他們分道揚鑣，「趁著那人被引開，你們快跑吧。」

祖孫三人聽到姚茜茜不打算繼續保護他們，臉上都露出了尷尬的表情。

「大媽——」小包子撒嬌的開口，「漂亮叔叔那麼厲害，讓他們來保護我和媽媽吧！那個壞人好可怕！想想怕！」

姚茜茜臉瞬間黑了，為什麼要叫她大媽？她有長得那麼老嗎？雖然他媽媽比她漂亮，但這麼沒禮貌，一點也不可愛！

「哦，那等一會你問問漂亮叔叔吧。」姚茜茜不高興了，走遠幾步，不再理會他們。

蘇瀾趕緊道歉，說小孩不懂事，不要介意。

姚茜茜撇了撇嘴，擺手說沒事。

看到姚茜茜不是歡天喜地的接受道歉，蘇瀾的女兒蘇琴咬了下嘴唇。

她有點生氣，童言無忌，她媽媽都道歉了，那個女的還一臉不痛快的表情是要給誰看！但礙於那個女的和那兩個強大的男子有關係，蘇琴沒有開口嘲諷她。

「大媽——」蘇想想再次開口，「別人道歉的時候要誠心誠意的原諒哦。」他看到自己的外婆低聲下氣的道歉，這個大媽竟然不感恩戴德，「不要人長得醜，心靈也不美！」

姚茜茜一口氣悶在胸口，好想打他！可是看著小包子粉嫩嫩的小臉，她無法跟一個小孩子計較啊！

【茜茜。】辰染抓著那個男子的頭顱回來了。

路易緊隨其後，拖著那男子的軀體。

一看就知道男子淪為了兩屍爭功的籌碼……

姚茜茜看到這打馬賽克的一幕，覺得男子碰到他們實在太倒楣了。

「漂亮叔叔！」小包子眼睛一亮，掙脫媽媽的懷抱，撲向了辰染。

辰染看向姚茜茜，隨手扔掉那男子的頭顱，露出「快來誇獎我吧」的微笑，蹭向姚茜茜。突然，他感到有雜物飛近，頭也不回的伸出長腿，一腳把撲過來的小包子踢飛。

蘇琴看到自己的兒子飛了起來，嚇得淒厲尖叫，狂奔過去，去接她的心肝寶貝。

姚茜茜雖然很討厭這個小包子，但也不可能看著一個小孩子受傷。

【辰染，快接住他！】姚茜茜擔心的和辰染溝通。

辰染對於不影響大局的事，一向聽姚茜茜的，於是他一個移身，長臂穩穩的接住了呈拋物線飛出的小朋友。

小包子蘇想想在辰染懷裡驚魂未定，死死抓著辰染的衣襟，臉上還掛著淚珠，好不可憐。

蘇琴看到這一幕，狂跳的心才落定，也擦著淚上前感謝辰染。

「漂亮叔叔！」蘇想想把自己的頭埋進辰染懷裡，「你好厲害！我要你當我爸爸！」

蘇琴在一旁聽了兒子的話，臉上一紅，羞澀的低下頭。

姚茜茜看著這一幕差點下巴沒掉下來。這個小包子腦子沒問題吧？剛才把他踢飛出去的就是辰染啊！

辰染很討厭這個黏在身上的食物，隨手一丟，看都不看母子二人，回到姚茜茜身邊。

幸好蘇琴反應快，接住了蘇想想。她可不能讓想想出一點事，沒有想想，她怎麼去找想想便宜的爹？她可聽說那個人身分很高，實力強大。

「既然追殺你們的男子已經死了，你們也不用再擔心，我們就在這裡分手吧。」姚茜茜可不想再和他們有什麼關係了。

「不行！」沒等蘇瀾和蘇琴開口，蘇想想搶先大聲拒絕，「我要跟爸爸在一起，妳這個醜八怪，把爸爸還給我！」

姚茜茜囧了下，這小屁孩……

「你認錯了！他不可能是你爸爸！」姚茜茜堅定的說道。

雖然小包子是個混血兒，有一雙漂亮的藍眼睛，可他絕對不可能是辰染的孩子。

連生前都不可能，這不符合遺傳規律嘛！

而且姚茜茜總覺得，她做的那個長長的夢，夢中的那個辰染應該就是辰染的生前，她認為那個人不會喜歡異族的女孩。這種直覺很奇怪，可她十分確信。

而死後的辰染，更沒有生孩子的能力啊！

這時候，在一邊追著蘇想想過來的蘇琴，斟酌的開口了：「當時我喝醉酒了，並不知道他父親是誰。不過我記得他有雙金色的眼睛……」

蘇琴說到這，滿臉通紅的看著姚茜茜。

其實蘇琴知道那個人是誰，可她就是要刁難眼前這個見死不救的女人！這女人只不過是碰到了兩個長得好看、實力又強的男人罷了，就對他們擺臭臉！

得到媽媽的鼓勵眼神，蘇想想更有底氣了！

姚茜茜嘴角抽搐了下，辰染原來可不是金色眼睛，是後來進化的結果……但是她總不能對他們說他的眼睛是變色的，只好繼續敷衍的笑笑。

姚茜茜不想再和他們糾纏，與辰染、路易交流了一下，打算離開。

蘇想想一看辰染他們要走了，也著了急。他真的想讓這個漂亮又強力的叔叔當他爸爸！

——都怪這個礙眼的醜八怪！

蘇想想稚嫩的大眼中閃過不符合他年紀的陰狠。

蘇想想使用自己的異能，一道水箭瞬間朝姚茜茜的命門飛去！

蘇琴在蘇想想發動異能的時候就已經發現他的意圖，但她並沒有阻止，她有個不能宣之於口的想法——她比姚茜茜更美麗、更瞭解男人，她有辦法讓這兩個看起來冰冷的男人臣服於她。

姚茜茜一直背對著他們，倒是沒察覺到飛來的致命一擊。可她身邊的辰染和路易卻在蘇想想動殺意的瞬間就發現了。

不過這種程度的力量，他們真沒放在眼裡。

辰染連頭都沒回，抬手就擋住水箭。

水箭濺裂，水珠四散。

「咦？下雨了嗎？」姚茜茜被濺到了，舉著手看天。

【茜茜笨死了！】路易在一旁看得很清楚，忍不住吐槽。

【笨！】辰染狠揉了下姚茜茜的腦袋。

【……】姚茜茜不知道為什麼局勢變得這麼快，他們竟然又在唾棄她！

蘇想想一看沒擊中姚茜茜，毫不猶豫的又射出好幾道水箭。

辰染繼續輕鬆格擋。

姚茜茜終於明白怎麼回事了，生氣的停下腳步，轉身看向那祖孫三人。

「你們恩將仇報嗎？」

蘇瀾看出辰染實力強大，她的外孫根本不是對手，趕緊道歉：「小孩子不懂事，妳大人有大量，不要計較啊。」

姚茜茜倒吸一口氣，「他不懂事，妳們在做什麼？他第一次攻擊我，可以說是妳們沒注意，可是都攻擊了這麼多次，妳們怎麼不阻止？」

「小孩子玩鬧，妳較什麼真！」蘇琴搶在自己母親開口之前不耐煩的說道，「妳是少了塊肉還是缺了腿啊？」

姚茜茜氣得臉都紅了，她不怎麼善於辯解，可她明白如果沒有辰染，這幾道水箭過來，隨便一道就能要她的命！

想到這裡，姚茜茜眼中立刻被氣得含了淚，她覺得好委屈！為什麼她的善意被他們無視，而且還被踩在腳下！

她本來可以見死不救！

對方不是感恩救了命，而是怨懟索取的不夠！

「他差點殺了我，而身為他的母親，妳不但不阻止，反而幫他掩護辯解。那是不是說我也可以殺了妳兒子，然後再和妳說這是玩笑別當真？」

蘇琴臉色一白，她清楚的看到當姚茜茜說出這句話後，那兩個俊美男子的表情立刻不一樣。彷彿是為了呼應她的話，辰染和路易身體猛然緊繃起來，蓄勢待發，好像只要姚茜茜稍微意動，他們就會立刻把對方三人撕成碎片。

蘇瀾不傻，看這陣勢，趕緊拉過蘇想想，在他屁股上拍了幾下，罵道：「誰叫你淘氣！還不趕緊向人家道歉！」

蘇想想哇的一聲哭了出來，隨手撿起地上的東西就朝姚茜茜扔過去，「醜八怪！還敢罵我媽媽，打死妳！」

姚茜茜看到飛來的是那死去的男子的頭，噁心的後退一步，而路易像拍皮球似的，拍掉那顆頭顱。

她真拿這個小屁孩沒辦法，根本沒法溝通。她討厭他們不知足，但是自己也沒太多立場說他們。她無力的嘆了口氣，有點意興闌珊的轉身離開。

姚茜茜沒注意的是，那男子的頭顱突然泛起點點微光，在白天幾乎看不到。只見微光悄悄的進去了姚茜茜的體內，而辰染和路易也都沒察覺。

「不許走！還我爸爸！」蘇想想還想掙脫蘇瀾的懷抱，去追辰染。

蘇瀾緊緊的抱住他。

「媽——」蘇琴有些埋怨的看向蘇瀾，心道：就讓想想去追啊！想想那麼聰明可愛，俘獲對方的心只是時間問題。到時候她再趁機接近他……等她把他追到手，看這個蠢女人還得意什麼！

蘇瀾瞪了眼發花痴的女兒。她不反對女兒去追那男的，可也要看時機啊！很明顯的，現在人家想要他們的命了！

其實蘇瀾認為，只要給她女兒機會和時間，拿下這兩個男人都沒問題！就憑她女兒這身段、這相貌、這心機！

「我想你們現在誰都走不了。」

突然，清冷的男聲響起。

姚茜茜看到出現了十多個人，堵住他們的去路。

他們身上沒有武器，姚茜茜知道他們是異能者無疑了。

姚茜茜內疚的看了辰染和路易一眼，緩緩垂下了頭，開始在他們特有的交流頻道裡，進行深刻的檢討和懺悔。

她不該聖母病發作……

她又給他們團隊帶來了麻煩……

她就是傳說中豬一樣的隊友……

辰染和路易十分認同，茜茜就是又蠢又笨又軟。

他們一臉「妳確實如此」的模樣，把姚茜茜打擊得要死。

經常被喪屍鄙視智商，她好悲劇！

辰染和路易在精神上逗完姚茜茜，接著就要著手對付擋路的食物了。

食物再多，也是食物！收拾他們只是幾分鐘的事。

來的人也是得了上面的命令，沒等辰染和路易出手就說道：「將軍說，只要說出他的名字，你們幾個就會跟我們走了。」

這讓快縮成一團的姚茜茜一下子抬起頭，問：「誰？」

「海德里希將軍。」

姚茜茜眼睛一瞪，趕緊阻止辰染和路易的清場。

真是踏破鐵鞋無覓處，得來全不費工夫！他們就是來找海德里希，想辦法處理掉他那可怕的靈魂互換異能。

還有一個讓姚茜茜擔心的問題，現在海德里希身體裡的是喪屍女王！

海德里希可是人類最大的倖存者基地的隱形主人。這簡直是毀滅人類的節奏啊！

辰染也想殺死海德里希，終止讓他與茜茜分離的異能。

路易沒有反對，他也有隱隱的擔心，萬一茜茜被換了靈魂呢？這個叫做海德里希的食物，實在是太危險了。

當即，姚茜茜三人就配合前往。

「還有你們三位，也請跟我們來。」異能者中領頭的人繼續說道。

祖孫三人猶豫了片刻，他們沒有說不的權利。有那兩個漂亮又強大的男子在，相信他們不會有危險。

★※☆※★※☆※★

一群人被帶到海德里希的基地，姚茜茜看著他肖似辰染、金髮藍眼的俊美樣子，總是有說不上來的詭異。

這個詭異不是因為他內裡是喪屍女王所帶來的。

恰恰相反，她覺得站在她面前的，確實是海德里希這個冰冷的變態。

「海德里希？」姚茜茜難以置信的看著他。

海德里希冷冷的瞥了姚茜茜一眼，沒有說話。

姚茜茜不由自主的後退一步。他們什麼時候換回來的？

辰染和路易在一旁，眼睛亮亮的盯著海德里希，好像是在看美味無比的美食。可惜他們不敢出手，因為美食默默瞄準著姚茜茜的要害。

再也沒有比這個威脅更管用的了。

辰染和路易在內心裡都忍不住嘆氣再嘆氣，可是什麼東西都沒有茜茜來得重要，他們只有無奈和無限的寵溺。

蘇琴看到這個穿著軍裝、氣質高貴冷豔、相貌俊美的男子，突然福至心靈——這個才是她一夜情的對象！

蘇琴激動的就要開口，海德里希微微蹙眉，輕輕抬頭示意，讓部下把蘇琴和蘇瀾帶下去，只留下滿眼戒備看著他的蘇想想。

「等等！」蘇琴看到士兵竟然要拖走她，趕緊喊道：「你不記得我了？在五年前海灘上！這個是你的孩子啊！」

「我記得。」海德里希淡淡的說道，他一輩子的恥辱，他怎麼會忘記？

蘇琴舔舔嘴脣，「那我們……你認不認？你不認也沒關係，我們也這麼過來了，只希望你看在自己血脈的分上，放我們母子走！」

「做夢。」海德里希言簡意賅的說道。

蘇琴忍不住嘴角微翹，她知道他放不下自己的血脈，剛想繼續以退為進，卻還沒開口就被海德里希不耐煩的打斷。

「滾。」

他一點也不想見到這個女的，那個小的他也不想見，可家族長老催得厲害，正好他也不能生了，要不然也不會找他們來。

沒想到找到他們的同時，發現辰染三人竟然和他們在一起。

真是——緣分。

蘇琴不甘的被士兵帶下去，蘇想想喊著媽媽去拉扯那些士兵，讓他們放開他的媽媽。

「你這個壞蛋，快放開我媽媽！」蘇想想朝海德里希吼道。

他一點也不喜歡這個和他有著同樣藍色眼睛的傢伙！他喜歡那個漂亮叔叔！

……果然是海德里希的親生兒子，和他爹的愛好一樣。

海德里希一個眼神瞪去，蘇想想只覺得自己突然身子凌空，倒飛出去，狠狠的撞在一側的牆上，直接把他撞暈過去。

姚茜茜看著小包子嘴角緩緩流下的血，還是不忍起來。

【聖母病。】辰染輕聲提醒道。

姚茜茜趕緊冷靜一下，海德里希既然留下他，應該不會看他死去的。只是這樣虐待一個小孩子，不愧是變態啊！

她不去看小包子，轉過頭對海德里希說：「你找我們來有什麼事？」

「沒事。」海德里希盯上辰染，看著那熟悉又陌生的容顏。他只是想看看。

他現在擁有了人類沒有的力量和壽命，突然就有些寂寞。

姚茜茜忍不住翻了個白眼，問出她關心的問題：「你是海德里希？你換回來了？」當時他明明進了喪屍女王的身體裡。

「沒有。」海德里希一直盯著辰染，漫不經心的回答。

姚茜茜有些糊塗了，他沒有換回來？但現在站在面前的人，明明有海德里希的面容啊！

——等等！

姚茜茜終於知道哪裡不對勁了。

眼前的人確實有海德里希的面容，可有些東西卻不一樣了。她仔細一看，他的胸口不再有呼吸帶來的微微起伏，眼睛也冰冷得不再具有人氣。

喪屍女王有一個能力，可以隨便的改變形態。

答案呼之欲出。

「你、你你！」姚茜茜驚訝的指著海德里希。

「真沒教養。」海德里希嫌棄的掃了眼姚茜茜。

所以，現在站在她面前的，還是喪屍女王！只是變成了海德里希的樣子！

「那……你的身體呢？」姚茜茜繼續問道。

「死了。」海德里希雲淡風輕的吐出這兩個字。

「怎麼可能？」姚茜茜覺得喪屍女王不會自殺，即使知道自己進了人類的身體裡。辰染當時不也好好活著嗎？

嗯，雖然辰染被插滿了管子。

「幾次重創，異能反噬，還沒好好的休養，是人又不是神，死亡是結局。」海德里希難得耐心的解釋了下。

姚茜茜想了想，還真的是。喪屍的思維和人類不同，肯定沒有好好養傷這種觀念，而且喪屍喜歡吃生肉……

「那喪屍女王呢？」她比較關心在海德里希身體裡那位戰無不勝的喪屍女王。

「也死了。」

姚茜茜這次眼睛差點沒瞪出來。她幾乎覺得喪屍女王就是反派BOSS了——怎麼打都打不死。竟然就這麼輕易的死了？

「人總是很脆弱。」海德里希突然想到什麼，微微一笑。

——姚茜茜是人類吶，人類最多活一百年，到時候……

「……所以說，沒事了？」姚茜茜還有點反應不過來，沒有了靈魂互換的煩惱，現在喪屍女王的身體裡又是海德里希，他看樣子也沒有毀滅人類的想法。他還有了孩子……

好像人類最大的危機解除了吶！

「既然沒什麼事了，那我們就不打擾了。」姚茜茜決定馬上走人。

她伸手去拉辰染和路易，但兩屍紋絲不動。

「……」

姚茜茜這才發現，兩屍正流著口水盯著海德里希！

她深深的囧了。

海德里希幽幽的開口：「妳可以留在這個基地裡。畢竟妳還是人類吧？需要吃喝拉撒。我可以幫妳安排個身分，妳和他們就住在一起。」

姚茜茜有點不敢相信，海德里希突然提出這麼好的條件，總覺得他有陰謀。

「當然，前提是妳要提供資訊，讓我研究妳和喪屍之間如何建立起這種關係的。」海德里希繼續說道。

姚茜茜趕緊捂胸。他要把她開膛破肚嗎？

「不會解剖妳！只是做一些周邊實驗！」海德里希語氣惡劣起來，他真是討厭和這種蠢人說話，有辰染和路易在，他怎麼可能傷害得了她？也不用腦子想想！

姚茜茜看看辰染，又看看路易，徵求他們的意見。

海德里希看到這一幕，表情又一瞬間扭曲，心想：智力水準還不如喪屍嗎？Vati怎麼會看上這種女人！

最後，辰染和路易也同意留在基地裡住下，主要原因是因為海德里希太可口了，他們可以找機會下嘴。

於是，姚茜茜就住到了倖存者基地裡，開始了每天實驗室、住居，兩點一線的生活。

而且因為有辰染和路易在，她過得非常充實。

★※☆※★※☆※★

此時，在另一座基地裡，路德維希圍剿辰染的計畫失敗後，並沒有放棄。雖然他隨時都會腐朽死去，而姚茜茜的刺傷也讓他的生命更加脆弱，可越是如此，他越發的堅定要實現這個目標。路德維希想要趁著有限的時間，消滅那可悲的人。

正當他終於可以再次行動的時候，耿貝貝阻止了他。

耿貝貝告訴路德維希一件事，他們的敵人並不是這些喪屍，而是可怕的喪屍女王。如果他們不能消滅喪屍女王，總有一天人類會滅亡，喪屍會變成這個星球的主人。

但是，他派去狙擊喪屍女王的隊伍都全軍覆沒，而在喪屍女王的帶領下，倖存者基地遭受嚴峻的考驗。這讓路德維希不得不停下針對姚茜茜他們的再次圍剿，轉而專心對付喪屍女王。

耿貝貝給出了更多資訊，要想殺死喪屍女王，必須先殺死她的三個高級喪屍僕從。這三個僕從可以以命換命，讓喪屍女王復活三次，只有先殺了他們，才能真正殺死喪屍女王。

路德維希很奇怪耿貝貝是如何知道這麼多的。

耿貝貝早就想好了說辭，她曾經機緣巧合下殺死過喪屍女王，才知道喪屍女王這一手。

路德維希沒有深究，他也沒有時間深究了。他集中所有的人力物力，開始對那三隻高級喪屍進行圍剿。

這比圍剿辰染和路易要難很多。因為這三個僕從沒有如姚茜茜這種弱點存在，他們勇往無前，殘忍暴虐。

路德維希的餘生都在與他們戰鬥。只是偶爾夢回，想起曾經有一個女孩，傻傻的、呆呆的，喜歡著喪屍。

耿貝貝很忐忑，她害怕重複上輩子一樣的經歷，上輩子那個人就沒鬥過喪屍女王，導致人類全滅，這次不能再重蹈覆轍了！比起這些，姚茜茜和她的喪屍根本不算事。

於是，耿貝貝也和凱撒一起，加入ＰＫ喪屍僕從的大軍中。

★※☆※★※☆※★

海德里希知道他的表弟在追殺喪屍女王的僕人，但他懶得解釋他成了喪屍女王。就讓路德維希去實現他征戰一生、戎馬倥傯的理想吧。

但讓海德里希鬱悶的是，直到他的兒子老死，他也沒看到姚茜茜與他們第一次見面時有什麼不同的變化，彷彿歲月在她身上停止了。

因此海德里希「熬死姚茜茜、獨占辰染」的計畫一直沒有得逞。

很久以後，海德里希終於研究出姚茜茜和辰染、路易的聯繫。

在病毒變異的過程中，因為喪屍本身具有思維缺陷，為了能更好的生存，病毒開始尋找共生體，就像鱷魚與鳥，蛇與花——借用共生體的思維和感情，來增強自己的力量。

共生體是具有基因選擇性的，而基因又具有唯一性，所以簡單來說就是命中注定。

姚茜茜命中注定會是辰染的共生體，而為了讓共生體更好的為自己服務，病毒基因也將共生體改造得越來越強，並逐漸與主體共用生命與力量。

姚茜茜便是辰染以及路易的感情，就好像是冥冥之中的神意，給予行屍走肉的救贖。

《喪屍愛軟妹02》完

番外一 ！

如果扔掉的話，世界會毀滅哦！

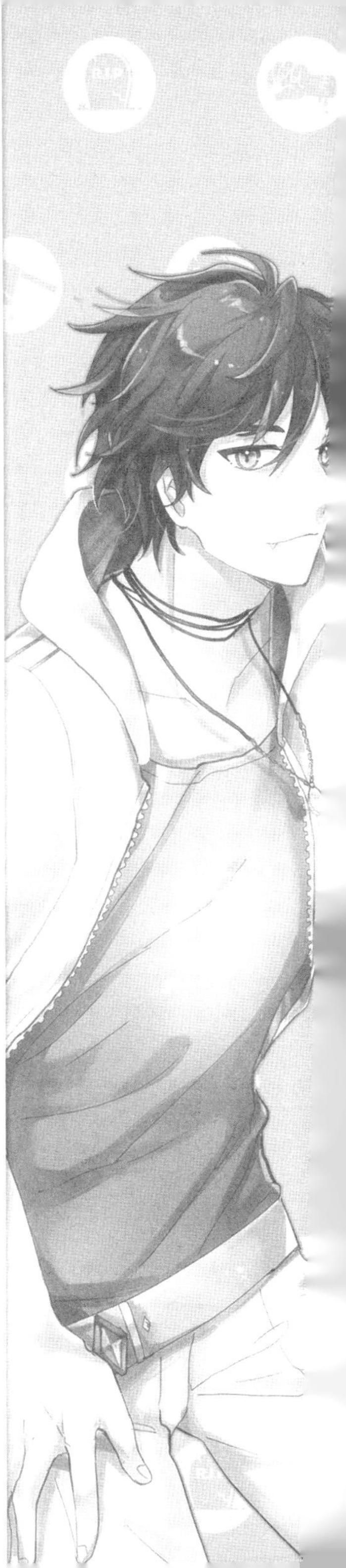

就在姚茜茜和辰染、路易定居在人類基地的第一天晚上，意想不到的事情發生了。

姚茜茜的身體突然泛起白光，點點光芒在空中匯聚，漸漸的在姚茜茜面前呈現出一個發光的長方形物體。物體徐徐落在姚茜茜手裡。

「iPad！」姚茜茜驚訝的看著手中的物體。

和 iPad 一模一樣，圓角四方形，背後卻沒有被咬一口的蘋果圖示。螢幕亮著，正中間閃著一行字：「我能，改變世界。」

姚茜茜撇了下嘴，她對改變世界一點興趣也沒有。

過了幾秒，字消失，出現了類似網頁的畫面。左右兩邊豎著的方塊，分別是使用說明書和售後客服，中間夾著五個方塊，分別是主線任務、支線任務、個人素質查詢、兌換、設置，旁邊還附註小字「PS. 不讀後悔」。

姚茜茜想了想，還是聽話的先點開使用說明書看了看。但她越看越心驚，越看臉越囧！

說明書上寫著這個 iPad 叫金手指，專門給主角使用，使用此金手指在這個世界裡完成的任務越多，獲得的能力就越多。主線任務為開疆擴土型，支線任務為嫖盡天下美人型。每次完成任務就可以獲得鑽石，鑽石兌換能力。主角死亡後，此金手指會隨即轉給下一個人。

使用說明書裡還寫出了歷代金手指主人。

「金手指主人：約翰——夏普——姚茜茜。」

看到這個，姚茜茜終於想起來，她身處末世男主文裡！這個約翰難道是她初來此地碰上的那個已死的傭兵？那麼夏普是誰？

姚茜茜隱約覺得夏普就是辰染不久之前殺死的那個追殺者。

姚茜茜想把這東西扔了，她好不容易過上平靜生活，才不想要什麼金手指！

可 iPad 的螢幕上突然浮現幾個大字：「扔掉的話，世界就會毀滅哦～」

ORZ這是她見過的最霸氣的 iPad！

姚茜茜摸了摸鼻子，她可不敢冒險，萬一是真的，她就對不起全世界人類了……而且她也有一種直覺，iPad 講的確實是真的……

姚茜茜點開螢幕最上方，跟手機畫面顯示通知一樣的小時鐘圖示。

——看看上個主人幹了什麼！

姚茜茜發現一個呈灰色的主線任務，上面寫著：人物死亡，任務失敗。

任務內容是殺死十隻喪屍，喪屍等級不限。

【茜茜。】路易發現茜茜一直抱著那個白色發光體不放手，拿骨翼尖戳了戳她。

姚茜茜這才如夢初醒，把 iPad 展示給路易和辰染看。辰染和路易當然不懂這是什麼，學著姚茜茜的樣子，拿長長的指甲戳來戳去。

iPad 馬上又浮現出一堆綠色大字：「戳什麼戳！再戳世界毀滅！」

姚茜茜沉默的抓住兩屍試圖繼續戳的手，這個 iPad 的脾氣好大！它不知道喪屍不識字嗎！可能辰染和路易的行為惹怒了 iPad 先生，它竟然直接播放了主線任務！

只見背景一暗，紅光亮起，螢幕正中央出現大大的文字：「主線任務：擊殺喪屍（初級）。」

姚茜茜有種被趕鴨子上架的感覺，可現在也是騎虎難下了。如果她不按照 iPad 的脾氣來，誰知道它會做出什麼怪事！

畫面的右上角緊接著出現三個圓角矩形圖示，分別寫著簡單模式、困難模式、史詩模式。iPad 上解釋，簡單模式任務簡單好完成，獎勵少；困難模式不好完成但獎勵多；史詩模式幾乎不可能完成，懲罰嚴厲，獎勵一般，請慎重選擇。

姚茜茜猶豫不決，倒不是不知道點哪個模式好，而是她還是不想做，她得之不易的安定生活好捨不得，真的不願意接受現實！不知道能不能使用拖字訣……

路易看不懂文字，瞅瞅猶豫不決的姚茜茜，再看看 iPad，學著姚茜茜剛才教的樣子，亂點一通，速度堪比一指禪。

「已經進入史詩模式，任務時限一個小時，擊殺一百隻喪屍（等級不限）。任務獎勵十顆鑽石。任務失敗則世界毀滅。」

姚茜茜囧囧的扭頭看向路易，竟然幫她選了最難的史詩模式！有這麼陷害隊友的嗎？

路易歪頭，對姚茜茜純潔的笑著。姚茜茜難過的撇過頭，不再看天真無邪的路易。

——這個 iPad 也真是的，動不動就想毀滅世界。它的懲罰除了世界毀滅，就沒別的了嗎！真是世界大殺器……現在想想，原來的男主角多強悍啊！和這個想毀滅世界的物體在一起。

看著螢幕右上角的紅色倒數計時標誌已經開始跑動，姚茜茜瞬間整個人都不好了！她這麼弱，怎麼可能一個小時內殺一百隻喪屍！

「辰染、路易，我該怎麼辦？iPad 要求我一小時內要殺死一百隻喪屍！」姚茜茜哭喪著臉。

辰染皺著眉，輕撫姚茜茜皺成一團的小臉，【不用擔心。】

辰染動了動意念，不到三分鐘，就召集來一大批面青肌瘦的低級喪屍。

——在人類基地裡……這樣好嗎？

姚茜茜看著時間還剩下五十五分鐘，沒啥好說的，衝進去就開始砍。她砍砍砍，好不容易消滅一個，發現自己已經大汗淋漓，手指微顫。她被辰染保護得太好，連最初的體力都退化了……

辰染雖然一直面無表情，但眼露寵溺的看著茜茜在一堆喪屍裡奮鬥。看到茜茜這麼活潑，他好興奮！

路易卻覺得很無聊，他希望茜茜跟他們玩，最後終於忍不住，翅膀一搧，一個大招秒殺了所有喪屍。

姚茜茜一呆，身邊一下子就空了，她趕緊再打開 iPad 看，生怕 iPad 判定她作弊，來個懲罰什麼的。

只見 iPad 上寫著：「恭喜姚茜茜任務完成！」

「……」難道路易擊殺也可以算她頭上嗎？那倒是簡單很多啊。

姚茜茜突然對做任務也不那麼牴觸了。她試著點擊領取了十顆鑽石，頁面就自動進入兌換專欄，空間、元素、召喚、魔法、百科，應有盡有。

看著眼花繚亂的各種能力，姚茜茜覺得好像在玩ＲＰＧ遊戲似的，十分沒有真實感。

姚茜茜並不想兌換能力，她認為這就是個陷阱。得到能力就得不停的進階，想進階就要不停的接任務、做任務，最後成為 iPad 的附庸工具。

因為所有的好處並不會無緣無故從天而降，一定都需要她付出相應代價。

比如可怕的任務失敗懲罰。

姚茜茜最後還是決定什麼都不兌換，只要 iPad 沒異動，她就當它不存在。

iPad 大概也察覺出姚茜茜消極怠工，便開始主動給她任務！iPad 把喪屍分為Ｆ到Ｓ級，Ｆ級是最弱的普通喪屍，Ｓ級是最強大的喪屍，像喪屍女王。而辰染和路易也屬於Ｓ級。

iPad 經常給出有時限要求的任務，任務內容從擊殺Ｂ級到Ａ級的喪屍都有，甚至還有幾次竟然是Ｓ級。任務難度越來越大，如果不是因為有辰染和路易，姚茜茜絕對無法完成。

而任務失敗的懲罰，只有一個，就是世界毀滅。

她好想過平靜的生活，每天能量滿滿、目標明確、拚命做任務不符合她混吃等死的心啊……

但更重要的是，她有一種隱隱的擔憂——她好怕這個 iPad 突然出現一個任務，要她消滅辰染和路易，因為他們都是S級的強力喪屍。

她一點也不想和辰染相愛相殺！

【茜茜。】辰染摸摸姚茜茜的頭，看著她一蹶不振的樣子，微微皺了皺眉。

姚茜茜抬頭看了看正拿著 iPad 當食物地圖用的辰染，想了想，還是說出了自己的隱憂。

辰染金色的眸子閃了閃，內心無奈的嘆口氣，他一直覺得茜茜不夠聰明，沒想到她比他想的還要傻！多麼簡單的問題，還能讓她糾結成這個樣子！

【妳是怕如果不能完成任務，世界毀滅？】辰染認真的問道。

世界毀滅是什麼鬼當然不在辰染的理解範圍內，他只是不想茜茜這麼沒精打采下去。

姚茜茜難過的點點頭。

【世界毀滅和我誰重要？】辰染再次問道。

【當然是辰染重要。】姚茜茜毫不猶豫的回道。

【很好。】辰染自覺開導成功，結果他很滿意，又開始埋頭研究 iPad 上給出的地圖。

他真的很喜歡這個長方形物體，可以主動顯示食物在哪裡，都不用他自己費勁找。要知道，強力的喪屍藏得都很隱蔽。

姚茜茜發現辰染與她的對話到此為止，囧了一下。就這麼結束了？關鍵問題還沒討論呢！她扒住辰染的一條胳膊，引回辰染的注意力。

【可是如果世界毀滅了，我們也活不了呀。】

【世界毀滅和我，誰重要？】辰染這次頭都沒抬。

【辰染重要。】

辰染嘴角微翹。

【很好。】他繼續研究。

【……】姚茜茜覺得他們一定不在同一個頻道上！

姚茜茜無奈的承認一個事實，這裡面只有她擁有正常智商，所以這件事還是要她來想辦法。

——當一個聰明人真累！

於是姚茜茜繼續浪費腦細胞的琢磨起來。

辰染讀著姚茜茜有些小小自得的想法，真覺得簡直沒有比她更能自擾的了。

反正他重要，他們就活到世界毀滅好了。

「只要和妳在一起，毀滅又算得了什麼？」

番外一《如果扔掉的話，世界會毀滅哦！》完

番外二！假如茜茜是喪屍，辰染是人類

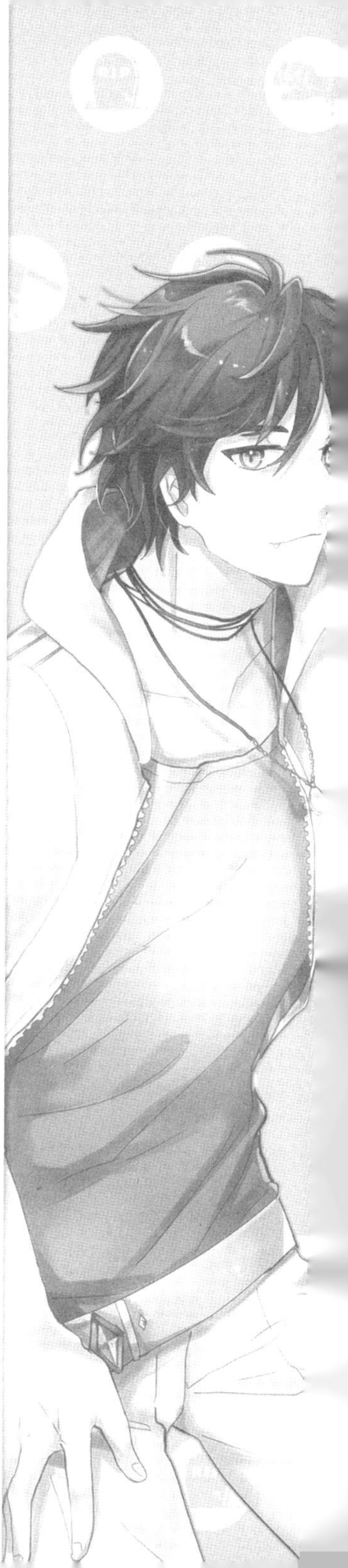

假如，末世的突變發生在另一個時空，姚茜茜不幸變成了喪屍，但是因為某些機緣巧合，她得到進化，擁有了人的心智和能力。

正如姚茜茜最初碰到的辰染那般。

而辰染在這裡是一位功績卓著的醫學博士，醉心致力於研究一種可以讓人保持青春的細胞。為了達到他的目標，他不擇手段，無視道德人倫。

他是一個非法人體實驗狂人，一個醫學瘋子，一個變態。

災難爆發，掀起了辰染對科學新的狂熱。他自覺有一個天才，在他之前就研究出長生不老的辦法！

★※☆※★※☆※★

一天，外面下起了瓢潑大雨。

兩個在逃跑中落單的女子，誤打誤撞來到了辰染的住處。看到屋裡有燈光，她們像看到希望一樣，大力的拍打著大門，請求幫助。

這時候，辰染正在地下室做實驗，聽到噪音，很不滿的停下手上的工作。當他透過大門的玻璃裝飾看清外面是兩個鮮活的人類實驗體時，他總算抑制住要把她們撕碎餵狗的衝動，用金色的眼睛在她們周圍梭巡了會，問道：「就妳們兩個？」語調緩慢平穩，隱隱透著一些不耐煩。

兩個已經被淋得透心涼的女子使勁點頭，「求你救救我們！」

辰染再審視了她們一會，為她們打開門，自己站在門外，看著她們。

她們彼此看了看，戰戰兢兢的從辰染身邊經過，進到了屋裡。

辰染四處看看，猛然發現他的屋簷底下似乎有一個小小的黑影，在靠近客廳的落地窗下面。那裡剛好是他開著燈的地方。

沒等他細看，那個黑影一動，似乎發現他，一眨眼就消失了。

辰染抿了抿嘴，等待了一會，很留戀的關上大門。他從褲袋裡掏出鑰匙，將大門反鎖上。

兩個女子已經自動的坐在沙發上，有些警惕的看著隨後進來的辰染。連日的逃跑讓她們疲憊不堪，以至於她們無法正視內心裡警告的聲音。

「妳們想喝點什麼？」辰染面無表情的問道。

「熱水就可以了，謝謝。」

於是辰染走到廚房裡，拿出兩個玻璃杯，為她們倒上水，各加上兩片白色小藥丸。最後，辰染從冰箱裡取出兩片麵包，塗上花生醬，一起端給她們。

本來兩個女孩對他有些疑問，想要離開，可看到他拿著食物出來，又忍不住嚥了嚥口水。她們向他道了謝。

而他面無表情的站起來，走到落地窗前，翻開窗簾往外看。

兩個女子互相看了看對方，又看了看行為舉止很怪異的辰染，他穿著的長褲和襯衫很整潔乾淨，雖然表情陰沉，卻能看出他受過很好的教育。而且他長得十分俊美，還有一副體育明星一樣的好身材。

她們決定先解決掉這些食物，再去思考其他問題。

而辰染正悄悄掀開窗簾，從細縫中看到坐靠在牆角邊那個小小的黑影。

她黑髮黑眼，穿著一身髒破到看不出顏色的T恤和牛仔褲，皮膚青黑，眼神渾濁。一看就知道是隻喪屍。可她的姿勢像極了人類，她抱著膝蓋，在屋簷下躲雨。

她時不時的歪一下頭，好奇的注視著雨點，偶爾還會伸出手，去接它們。

辰染金色的眼睛露出燦爛的顏色，立刻對她有了興趣。

他屏息凝視了她一會，直到聽到撞擊發出的刺耳聲音。他回頭一看，兩個女子已經在藥力的作用下昏厥過去。其中一人趴伏在鋼化玻璃的茶几上，她手中的玻璃杯翻倒在桌面上，發出清脆的響聲。

等他再去看窗外，那隻小喪屍已經消失不見。

辰染惱怒的瞪向已經昏迷的女子，好似全是因為她們才嚇跑了她。他抓著她們的頭髮，將她們拖進地下室。

第二天清晨，辰染穿著浴袍，拎著一個塑膠袋，在門口一攤，露出裡面血淋淋的肉塊。

姚茜茜就坐在大門旁邊，看到他出來，警惕的盯著他；再看看他放下的血肉，姚茜茜嗤之以鼻，跑了。

辰染疑惑的皺眉。

——小喪屍還挺挑食！

他開始觀察姚茜茜，卻發現她竟然大多數時間都用來睡覺！

有時她明明睡不著，卻總在他的屋簷旁找舒服的地方閉著眼待著。

她不吃也不喝。

辰染每次站在落地窗前觀察她，能感覺到她強烈的食欲，但是她好像被什麼東西阻止了。這很有意思，難道她還擁有人類的意識？

辰染試著為她端來一盤熟肉，然後離開，隔著玻璃門觀察她。只見她把那盤肉抱在懷裡，可吃了幾口，他就看到她打了個噴嚏，吐掉了。

果然是無法再吃人類的食物了。

他看著他的小喪屍一天天衰弱下去，蜷縮在牆邊，他的大手把窗簾都攥皺了。

辰染博士很聰明，他直接用排除法發現了姚茜茜的飲食習慣：不能吃熟食，也不吃人類的血肉，那麼只有吃喪屍的血肉了。

他發現姚茜茜比一般的喪屍移動速度要快得多。而且自從她來到這裡，再無其他喪屍出現。所以他穿上衣服，拿著獵槍，打算為小喪屍去獵個「大傢伙」。

姚茜茜知道這家主人隔一段時間就要出去一次，看到他開著車走遠，也沒當回事。

她在路邊遊蕩的時候，第一次看到他就覺得他很與眾不同。其他人類在她眼裡，就像其他喪屍一樣，都是食物。可是她很寂寞，她想要一個伴，一個和自己一樣的存在——而他就是。就好像其他生物都是牛馬，只有他和她是一樣的。這種找到同伴的美好感覺，讓她一直尾隨著他回家。

於是，她就住在了這裡。

她是瞭解人類的。在她的印象中，人類都是不遺餘力的要殺死她。姚茜茜不想死，也不想離開他，所以一看到他就逃跑，等他在房子裡的時候，又來他的屋簷下坐著。看著屋內橘黃色的溫暖燈光，她總覺得胸中也有個位置暖暖的。

可是，她無法獵食了，在她擁有了意識之後。她根本沒辦法像原來一樣，咬住撕裂人類；她可以殺死他們，卻無法吃掉他們，那樣會讓她覺得噁心，無法下嘴。

她覺得她會就這麼死掉，被自己的莫名其妙餓死。

那最起碼，她希望死之前，一直在他的身邊也好。

可讓她沒想到的是，那個人開著車出去了一圈，為她帶回來一頓美食。

辰染一手拿著獵槍，一手將那隻被爆頭的喪屍扔到姚茜茜腳邊。姚茜茜貪婪的看著那隻喪屍，使勁的嚥口水，然後抬眼，期待的看向辰染。

都已經幫她帶來了食物，那就不介意幫她收拾乾淨了吧！

辰染被姚茜茜看得一愣。

「怎麼不吃？」辰染問道。她明明一副饞貓的樣子，在旁邊流口水。

姚茜茜想了想，雙手握拳，做了個邊切邊叉著吃的動作。

辰染博士有生以來第一次汗顏，真是沒見過這麼挑食的喪屍！

拖著屍體進去，辰染走進大門後，頓了頓，回頭看了姚茜茜一眼。

姚茜茜立刻感知般的，小心的尾隨他進門。不過，她仍和他保持一定的距離。

辰染指了指沙發，姚茜茜立刻如得到赦令的酒鬼般，嗖的一聲出現在沙發上，躺著打滾。

像一隻在撒歡的狗狗。

辰染突然覺得飼養一隻喪屍或許也不錯。

他戴上手套，修長的手指捏住手術刀，行雲流水般的將屍體肢解切成塊，擺在盤子裡，端給姚茜茜。

姚茜茜立刻撲上去，奪過他的盤子，狼吞虎嚥起來。

辰染仔細的觀察著姚茜茜，發現她的身體起了變化——頭髮順柔了，皮膚的青黑色變淺，眼睛的顏色卻慢慢加深，瞳孔消失。

就好像慢慢綻放的花朵，他在親歷一個物種的進化過程。

這讓他很興奮。

辰染給姚茜茜新的衣服，並且教她如何洗澡、如何打掃房間。

「想要在這裡住下，就必須做事。」

姚茜茜耷拉了腦袋。

——還是隻不喜歡勞動的小喪屍！

辰染腹誹。

辰染已經好久沒進行他的人體實驗了。他現在的生活很規律，清晨會被小喪屍叫起來，然後帶她去獵食。

小喪屍好像只是不喜歡生撕活人，對於對其他喪屍下殺手倒做得很熟練。

恰好，他很熱愛解剖這種活動。

一般情況下，她殺掉對方，他把屍體搬上車。回家，他替她準備早餐，她則去打掃房間。然後，兩人一起吃早餐。

他的小喪屍一天天的變化著，越來越像一個女孩。

直到有一天，讓他驚喜的事情發生了──他的小喪屍竟然會說話了！

她說：【我餓了，還有你叫什麼名字？】

他把自己介紹給她。

【你好，辰染，我叫姚茜茜。】

他發現她的嘴並沒有在動，這個聲音好像是從他的腦海裡直接浮現。

辰染金色的眼睛燦如驕陽，他似乎發現了喪屍的進化模式。

而他，大概也成了她的一部分。

為了證明這一點，他摟住她的腰，親吻了她。

她很小，即使是成了喪屍，也沒有讓她發育。

她身高大概到他的胸部。

她身上有著淡淡的腥味，很好聞，像他一直所期待的那種味道。

她的嘴唇很冰冷。

她大概驚呆了，僵直著任他捏開她的嘴唇，去尋找她的舌頭。

她的口腔還泛著漱口水的味道。這隻小喪屍竟然每次吃完食物都要去漱口刷牙，真是奇怪的小東西。

這個吻沒有持續太長的時間。

吻完以後，姚茜茜十分擔憂的看著他。

她先是摸摸他的胳膊，又摸摸他的臉。許久，她沮喪的對他說：【變成喪屍就糟糕了。】以後誰來弄食物給她吃？

他想他不會。

辰染到地下室幫自己做了檢測，發現他迅速感染了病毒。

但是這個病毒與喪屍體內的不一樣，它像是衛兵般的守護著他體內重要的臟器，並且促進內臟活化運轉。就如同吃了長生不老藥般，為他的身體提供源源不斷的能量。

辰染笑了，正如他所假設的，他成為她身體的一部分。

喪屍的大腦高度活化，使得他們即便死去，也能靠著大腦活動。

姚茜茜顯然是這種大腦進化後的產物，而且還在不停的進化，以吞噬同類的方式。

可是人的身體很複雜，不是只有大腦就可以的。身為人體內的兩大器官，就如人的精神與肉身一樣，都是不可或缺的。

而喪屍的心臟已經停止了運轉，失去了功用。

他們為了更好的進化，必須將自身缺陷補足；如果他們自己無法做到，進化的必然結果就是尋求其他生物的共生，就如鱷魚與千鳥。

而他，就是她所選擇的千鳥。

現在他體內的病毒大概只是初期，隨著她的進化，他們的聯繫會越來越緊密。

他的小喪屍，他的茜茜……他終於找到了他活著的樂趣。

番外二《假如茜茜是喪屍，辰染是人類》完

《喪屍愛軟妹》全套兩集完結，全國各大書店、網路書店、租書店強力熱賣中！

飛小說系列 149

喪屍愛軟妹 02（完）

出版者■典藏閣　繪　者■Jond-D
作　者■悅大白
總編輯■歐綾纖　企劃主編■PanPan
製作團隊■不思議工作室
郵撥帳號■50017206 采舍國際有限公司（郵撥購買，請另付一成郵資）
台灣出版中心■新北市中和區中山路 2 段 366 巷 10 號 10 樓
電　話■(02) 2248-7896　傳　真■(02) 2248-7758
物流中心■新北市中和區中山路 2 段 366 巷 10 號 3 樓
電　話■(02) 8245-8786　傳　真■(02) 8245-8718
ISBN■978-986-271-693-9
出版日期■2016 年 7 月
全球華文國際市場總代理／采舍國際
地　址■新北市中和區中山路 2 段 366 巷 10 號 3 樓
電　話■(02) 8245-8786　傳　真■(02) 8245-8718
新絲路網路書店
地　址■新北市中和區中山路 2 段 366 巷 10 號 10 樓
網　址■www.silkbook.com
電　話■(02) 8245-9896
傳　真■(02) 8245-8819

☞您在什麼地方購買本書？☜

1. 便利商店（＿＿＿＿市／縣）：□7-11　□全家　□萊爾富　□其他＿＿＿＿＿＿

2. 網路書店：□新絲路　□博客來　□金石堂　□其他＿＿＿＿＿＿

3. 書店（＿＿＿＿市／縣）：□金石堂　□蛙蛙書店　□安利美特animate　□其他＿＿

姓名：＿＿＿＿＿地址：＿＿＿＿＿＿＿＿＿＿＿＿＿＿＿＿＿＿＿＿

聯絡電話：＿＿＿＿＿＿＿　電子郵箱：＿＿＿＿＿＿＿＿＿＿＿＿＿＿＿

您的性別：□男　□女　　您的生日：西元＿＿＿＿年＿＿＿＿月＿＿＿＿日

（請務必填妥基本資料，以利贈品寄送）

您的職業：□上班族　□學生　□服務業　□軍警公教　□資訊業　□娛樂相關產業

□自由業　□其他＿＿＿＿＿＿

您的學歷：□高中（含高中以下）　□專科、大學　□研究所以上

☞購買前☜

您從何處得知本書：□逛書店　□網路廣告（網站：＿＿＿＿＿＿＿）　□親友介紹

（可複選）　□出版書訊　□銷售人員推薦　□其他＿＿＿＿＿＿＿＿＿＿

本書吸引您的原因：□書名很好　□封面精美　□書腰文字　□封底文字　□欣賞作家

（可複選）　□喜歡畫家　□價格合理　□題材有趣　□廣告印象深刻

□其他＿＿＿＿＿＿＿＿＿＿

☞購買後☜

您滿意的部份：□書名　□封面　□故事內容　□版面編排　□價格　□贈品

（可複選）　□其他

不滿意的部份：□書名　□封面　□故事內容　□版面編排　□價格　□贈品

（可複選）　□其他

您對本書以及典藏閣的建議＿＿＿＿＿＿＿＿＿＿＿＿＿＿＿＿＿＿＿＿＿＿＿＿＿

＿＿＿＿＿＿＿＿＿＿＿＿＿＿＿＿＿＿＿＿＿＿＿＿＿＿＿＿＿＿＿＿＿＿＿＿

＿＿＿＿＿＿＿＿＿＿＿＿＿＿＿＿＿＿＿＿＿＿＿＿＿＿＿＿＿＿＿＿＿＿＿＿

✌未來您是否願意收到相關書訊？□是　□否

✎感謝您寶貴的意見✎

印刷品

$3.5
請貼
3.5元
郵票
不思議信箱
FUSIGI POST

235 新北市中和區中山路二段366巷10號10樓

華文網出版集團 收

（典藏閣－不思議工作室）

novel 悅大白 illust jond-D

喪屍愛軟妹

ZOMBIE AND HIS LOVELY FOOD.

02 END